I0650145

LETTRES

CRITIQUES, MORALES ET POLITIQUES

SUR

L'ESPRIT, LES ERREURS ET LES TRAVERS DE NOTRE TEMS.

Par

M. l'Abbé SABATIER DE CASTRES.

Z
1034
+A.

Je suis Français, et pour ne pas déroger
à ce titre, j'ai toujours été franc, sincére,
et n'ai pas craint de dire hautement mes
opinions, quand elles m'ont paru utiles
à l'ordre social.

Le Tocsin des Politiq.

AVERTISSEMENT DE L'EDITEUR.

La plûpart des Lettres que nous publions ont déjà vu le jour, mais séparement, et quelques unes, avec des altérations qui ont empêché l'Auteur de les avouer. Nous avons tout lieu de croire, qu'il ne se plaindra point de l'infidélité de celles-ci: Elles ont été imprimées, les unes, d'après des copies de sa propre main, les autres, d'après des exemplaires chargés de corrections, aussi de son écriture. Nous nous sommes seulement permis de supprimer, de celles qui n'ont pas encore paru, ce qu'il en auroit sans doute retranché lui-même, s'il les eut destinées au public. Comme elles n'ont pas été adressées à une seule et même Personne, on y trouvera quelques répétitions d'idées et de faits, mais toujours avec des nuances diverses, ce qui nous a déterminés à les laisser subsister, d'autant qu'elles sont en petit nombre.

*

Nous espérons que les amis des bons principes nous sauront gré de cette Collection. Ceux qui pensent qu'on a tout dit sur les droits et les devoirs des Souverains, sur l'art de régir les Nations, sur les préjugés, l'erreur et la vérité, seront détrompés, en lisant ces Lettres. Celle sur l'Alexandre et le Salomon de nos jours, paroîtra sans doute trop sévère et même injuste à ceux qui ne se transporteront point au tems, où elle a été écrite, et qui ne se mettront point à la place d'un Auteur, qui, depuis 30 ans, n'a pas discontinué de se montrer un des plus zélés défenseurs des principes religieux et monarchiques. Mais les Lecteurs qui sauront, que M. l'Abbé Sabatier, ayant deviné, dès 1797, que Buonaparte seroit un jour le Restaurateur de l'ordre, en France, s'empressa de lui donner, à cette époque, des marques du plus vif intérêt, et qu'il lui rénouvella, après le 18. Brumaire, ces témoignages d'attachement, sans avoir obtenu de cet heureux Prédestiné le moindre signe d'approbation, ceux-là, disons-nous, au lieu de le taxer de sévérité ou d'injustice, ne pourront qu'être étonnés de sa modération. Il ne faut pas oublier, qu'il est exilé, victime de la Révolution, et que, comme tous les Français restés fidèles à la Religion, à la Justice et à l'Honneur, il regarde Louis XVIII comme l'héritier légitime du Patrimoine de l'Ainé des Bourbons.

Que si, contre notre pensée, le premier Magistrat de la République Française n'étoit pas au-dessus de toute critique, et qu'il attachat quelque prix aux éloges de l'Auteur des Trois Siècles, son amour propre seroit plus que satisfait, par l'attention que nous avons eue de publier, dans ce Recueil, la Lettre que lui écrivit l'Abbé Sabatier, lors de ses premiers exploits en Italie. (Voyez la page 230). Cette Lettre, nous osons le dire, est, parmi les Royalistes, un exemple rare et peut-être unique, de justice et de sagacité prévoyante. Elle est faite, pour concilier à l'Auteur, lorsqu'elle sera connue en France, l'estime de tous les partis, la

* *

bienveillance *même* des Philosophes, dont, d'ailleurs, il n'a jamais été l'ennemi, quoiqu'il n'ait pas cessé de se montrer leur plus ardent adversaire. Il est une sorte de parenté d'esprit et de courage, qui porte ceux qui en ont à s'estimer entre eux, et les Philosophes ne peuvent, sans déroger au caractère qu'ils ont montré dans la Révolution, refuser leur estime et leur intérêt à un Littérateur, qui, jusqu'au moment de son émigration forcée, a défendu les anciens principes, toujours en présence de leurs plus redoutables ennemis, et dans le tems qu'ils avoient le Gouvernement pour Complice ou pour Protecteur. C'est alors même que Voltaire, d'Alembert, et l'Auteur des Saisons, étoient tout-puissans, les idoles de la Nation, les oracles de l'Europe, que l'Abbé Sabatier a dit hautement de ces Auteurs, ce que le public désenchanté, et devenu postérité pour eux, en pense aujourd'hui, etc.

L E T-

LETTRE I.

sur

les causes de la corruption du goût et des moeurs, et sur le charlatanisme des Philosophes du 18e. siècle *).

Je ne m'en dédis pas, Monsieur le Duc, c'est lorsque le goût et les talens ont

---

*) Cette Lettre a été publiée, pour la première fois, à Aix-la-chapelle, au commencement de 1790. Elle a été insérée vers la même époque, mais avec des suppressions et des altérations, dans la Valise décousue, et dans un Recueil intitulé Tableau de l'esprit français. Nous faisons cette remarque, pour prouver que les observations critiques de l'auteur ont précédé, de plusieurs années, la publication du Cours de Littérature de M. Laharpe, et le Tableau de la littérature française, de M. Clément.

I

dégénéré en France, et que l'esprit
philofophique s'eft emparé de nos Ecrivains, que nos moeurs fe font altérées
et ont commencé de fe corrompre.
Vous n'en douterez point, fi vous avez la
complaifance de m'entendre jusqu'au bout.

J'obferverai d'abord que le goût
littéraire n'eft pas un objet aufii indifférent, qu'on fe l'imagine et que notre
Gouvernement a paru le croire, par fon
peu de foin à encourager la critique,
cette fentinelle qui veille à la confervation
des règles et au refpect des principes.
Les productions de l'esprit ont toujours
eu une influence marquée fur le génie
et les moeurs des nations, fur les révolutions des gouvernemens, et peuvent
être même la fource de ces révolutions,
comme ce qui s'eft paffé de nos jours,
dans notre malheureufe patrie, ne le
prouve que trop bien.

Les opinions littéraires, adoptées
par la multitude, caractérifent les moeurs

nationales, parceque le goût tient essentiellement aux moeurs; il se trouve analogue et conforme aux inclinations et aux préjugés dominans. Un peuple violent et guerrier gouteroit médiocrement des écrits qui ne respireroient que la tendresse et la douceur. Des compositions males et austères rebuteroient des nations douces et efféminées. Nos opéra eussent affadi le coeur d'un Spartiate; le Sybarite eut été révolté des tragédies terribles et sanguinaires de *Crebillon* et de *Dubelloi*.

Quand les loix et les bienséances regnent souverainement dans un Etat, cela suppose dans la Nation une rectitude et une solidité d'esprit qui, par un enchainement nécessaire, influent sur l'éducation, sur la littérature, sur les arts utiles, et sur les arts de pur agrément. Alors les idées générales sont justes, les maximes saines, les décisions modestes, l'imagination réglée, le génie assujetti à la raison, l'art soumis à la nature, les artistes soumis aux loix de l'art.

Mais quand dans un Etat les loix sont sans vigueur; quand la licence est tolérée, le luxe encouragé, la religion dominante impunément attaquée, cela suppose dans la Nation une foiblesse de raison, une déviation d'esprit, une perversion de goût qui, par leur influence insensible, mais inévitable, finissent par rendre cette Nation méprisable et malheureuse. Alors les principes sont arbitraires, les regles violées, la nature défigurée, les décences méconnues, les qualités brillantes préférées aux qualités solides, la vérité et le mérite confondus avec l'erreur et le charlatanisme.

Ces deux tableaux contrastés retracent assez fidélement le siècle de *Louis XIV*, et le siècle philosophique où nous vivons. On ne peut douter en effet que le goût et les talens n'aient dégénéré parmi nous, comme ils déclinerent chez les Grècs,

après le Regne d'*Alexandre*, et, chez les
Romains, après le fiècle d'*Auguste*. La
licence qui s'introduifit dans les mœurs,
fous la Régence, et dont le fage miniftère du Cardinal de *Fleuri* ne pût rallentir
les progrès, influa bientôt fur le goût;
le bel efprit remplaça le bon fens, et le
feu facré des grands modèles s'éteignit.
„Tout femble ramener les François à la
„barbarie, dont *Louis XIV* et le Cardinal
„de *Richelieu* les ont tirés,“ difoit *Voltaire*
lui-même, dans fon Epitre dédicatoire
de *Zaïre* à M. de *Falkener*.

Mais d'où vient, qu'avec de nouveaux
fecours, les talens ne fe font pas du moins
foutenus dans un dégré eftimable? D'où
vient, qu'avec de nouveaux modèles, ils fe
font montrés fi foibles et fi bifarres?

C'eft précifément, Monfieur le-Duc,
cette richeffe qui leur a nui; car il ne
faut pas croire que la nature foit moins
libérale en hommes de génie, dans un
fiècle, que dans un autre: elle eft toujours

la même, toujours inépuifable. Mais lorfque les talens font parvenus, dans quelque genre que ce foit, à leur plus haut dégré d'élévation, ils s'affoibliffent et dégénerent, comme des fruits, qui ont acquis leur maturité, fe flétriffent et fe gâtent.

Les talens, vers la fin du fiècle dernier, avoient fait tous les progrès qu'ils pouvoient faire. Le penchant trop naturel des hommes à fe laffer de la beauté même et à eftimer moins ce qu'ils poffèdent, depuis qu'ils en ont la jouiffance; le befoin de varier leurs plaifirs, fit naître de nouveaux genres. Le goût devenu plus éclairé, devint plus exigeant. On compara les modèles; on les analyfa, pour porter le génie à les furpaffer; mais, par la raifon qu'on fent moins, lorfqu'on réfléchit d'avantage; que l'efprit perd en vigueur ce qu'il gagne en étendue, on ne fit que fuivre de loin ces modèles, fans jamais les atteindre. Le découragement fuit de près l'humiliation et le défaut de succès : on se lassa donc de marcher sur leurs traces ; on prit de nouvelles routes, et on s'égara.

Fontenelle et *Lamotte* furent les premiers qui donnerent cet exemple dangereux. Doués l'un et l'autre de beaucoup d'esprit, mais n'ayant pas la force de s'élever à la hauteur des grands Ecrivains, ils présenterent des beautés fardées ; ils s'efforcerent d'éblouir par des pensées fines, ingénieuses et brillantes. Les sentences remplacerent la chaleur du sentiment. Ils hazarderent en style timide des opinions hardies sur le goût et la religion. La manie de l'esprit raisonneur, qu'on a nommé *esprit philosophique*, s'empara de tous les Esprits, et à force de raisonner sur le beau, on ne le sentit plus. On plaignit ceux qui s'étoient donnés des entraves, en s'assujettissant aux regles, et chaque auteur ne suivit plus que les caprices de son génie. On avança des paradoxes ; on établit de faux principes ; on depensa beaucoup d'esprit, pour prouver que les

Anciens en avoient manqué; et par l'adreſſe de quelques Ecrivains à mettre dans leurs intérêts l'amour-propre des lecteurs, on préfera le bel eſprit au bon eſprit, les beautés artificielles aux beautés ſimples et naturelles, et le mauvais goût prévalut.

Dans ces circonſtances, *Voltaire* parut. Perſonne n'étoit plus en état que lui de ramener les eſprits ſur la route du vrai. Il avoit reçu de la nature tout ce qu'il falloit, pour briller à côté des plus beaux Génies du ſiècle dernier; mais ſéduit lui-même, dès l'âge le plus tendre, par l'amour de l'indépendance; impatient de ſe faire un nom, il donna l'eſſor à ſon eſprit, avant d'avoir laiſſé mûrir ſa raiſon et perfectionner ſes talens *). Plus

*) Voici ce qu'il écrivoit de Cirey le 4 Septembre 1738, c'est-à-dire, à l'âge de 44 ans: „je me ſuis mis trop tard à „corriger mes ouvrages. Je paſſe actuel- „lement les jours et les nuits à réformer

ambitieux de louanges que de gloire, plus flatté de la réputation d'un esprit facile et agréable, que de celle d'un génie achevé, loin d'oppoſer une barrière au mauvais goût, il le favoriſa par de faux principes, et ſouvent par de mauvais exemples, encore plus dangereux. Pour pallier ſa foibleſſe et juſtifier ſes écarts, il s'efforça de perſuader au Public, qu'après les Chefs-d'oeuvre du ſiècle de *Louis XIV*, il étoit impoſſible de ſe ſignaler dans la carrière des Arts. *Les Grands Hommes du ſiècle paſſé*, dit-il (dans l'Hiſtoire de ce ſiècle, chap. 29), *ont enſeigné à penſer et à parler; ils ont dit ce qu'on ne ſavoit pas. Ceux qui leur ſuccèdent ne peuvent gueres dire que ce qu'on ſait.*

Les grands traits naturels qui appartiennent aux Arts, les beautés qu'ils

---

„la Henriade, Oedipe, Brutus,
„et tout ce que j'ai fait." Lett. à M. Helvétius.

comportent font en petit nombre; les
fujets et les embelliffemens propres aux
fujets, ont des bornes plus refferrées
qu'on ne penfe.

La Route étoit difficile au commencement du fiècle de Louis XIV, parceque
perfonne n'y avoit marché; elle l'eft
aujourd'hui, parcequ'elle a été battue.

Il ne faut pas croire que les grandes
paffions tragiques et les grands fentimens
puiffent fe varier d'une manière neuve et
frappante *).

— Vous fentez, Monfieur le Duc, la
foibleffe de ces idées. La raifon et
l'expérience nous apprennent, qu'il n'y a
point dans les Arts de genre épuifé, ni
de genre qui puiffe jamais l'être. Les
Arts font l'imitation de la nature, et la
nature nous offre des fources inépuifables
d'imitation. Le monde moral n'eft pas
moins vafte, ni moins varié, que le

---

*) Histoire du fiècle de Louis XIV.

monde physique. Il y a dans le coeur
de l'homme une génération perpétuelle
de paſſions, et, dans chaque paſſion,
une infinité de nuances et de variations;
car combien les paſſions ne peuvent-elles
pas être variées par les circonſtances,
les opinions, les préjugés, et par mille
autres cauſes !

Conſultons l'expérience. A l'époque où
Sophocle préſenta ſon *Oedipe* aux Juges,
devant lesquels il avoit été cité par ſes
propres fils, *Eschyle* avoit compoſé quatre-
vingt-dix tragédies, *Euripide* ſoixante-
quinze, et lui-même en avoit déjà fait
cent, dont vingt avoient été couronnées.
Lorſque *Corneille* donna *Nicomède*,
cette pièce avoit-été précédée de vingt
autres du même auteur. Cependant les
chefs-d'oeuvre de ce père de la tragédie
françaiſe, n'empêchèrent pas *Racine*, ſon
ſucceſſeur, de ſe ſignaler dans le même
art. *Maſillon* ſut encore s'illuſtrer dans
la prédication, après *Bourdaloue*; et
Fléchier, dans l'oraiſon funèbre, après

le grand *Boſſuet*. Il n'y a point de
carrière en effet où l'on ne puiſſe acquérir de la gloire, même après *Hercule*,
témoin les exploits de *Theſée*. Quoique
Voltaire n'ait égalé ni l'*Hercule* ni le
Theſée de notre Théâtre, il a néanmoins
cultivé l'art de *Melpomène* avec aſſez de
talent, pour être lui-même une preuve
contre ſon principe. Mais quand il ſeroit
vrai, que les Auteurs du dernier ſiècle ſe
fuſſent emparés de tous les grands ſujets,
qui empêche qu'on ne les manie de
nouveau, lorſqu'on ſe ſent capable de
les ſurpaſſer ? Ne l'a-t-il pas lui-même
tenté, dans *Oedipe*, *Mariamne*, *Brutus*,
Mérope, *Zulime*, *Oreſte*, *Rome ſauvée*,
les *Pélopides*, les *Scythes*, *Dom-Pedre* ?
Ce n'eſt pas pour avoir choiſi ces ſujets,
déjà traités en France, qu'il a été blâmé
des gens de goût : c'eſt pour n'avoir pas
ſurpaſſé ſes rivaux, et pour être reſté
inférieur à *Bajazet*, et même à *Ariane*,
dans *Zulime* ; à *Electre*, dans *Oreſte* ; à
Catilina, dans *Rome ſauvée* ; à *Atrée*,

dans les *Pélopides*, et à *Pierre-le-Cruel*, dans *Dom-Pedre*.

Pour appuyer son assertion, *Voltaire* ajoute que, *dans tous les Arts, il y a un terme par delà lequel on ne peut plus avancer.* D'accord, mais qui l'a jamais atteint ce terme, et qui peut le fixer? De ce que l'*Iliade* et l'*Eneide* n'ont pas encore été surpassées, faut-il en conclure que ces Poëmes sont parfaits, et que la Poésie épique est arrivée à un degré de perfection, par delà lequel on ne peut aller? Ce n'est point l'art, mais le talent qui est borné. *Virgile* voyoit des beautés qu'il n'avoit pas saisies, puis qu'après onze années de travail, son Poëme lui paroissoit si défectueux, qu'on l'auroit livré aux flammes, si l'on avoit rempli ses intentions. *Michel-Ange* meurt âgé de 109 ans, et meurt en disant: *pourquoi faut-il cesser de vivre, précisément quand je commençois à connoître quelque chose dans les Arts que j'ai si long-tems cultivés?* Ne devez-vous pas

conclure, d'après ces obfervations, Monfieur le Duc, que les Chefs-d'oeuvre du
fiècle dernier, loin d'être un obftacle
au fuccès des artiftes, étoient pour eux
de nouveaux fecours; et que fi, malgré
ces fecours, les auteurs et les artiftes
n'ont pû furpaffer ni même égaler leurs
prédéceffeurs, il faut imputer leur infé-
riorité à la foibleffe de leur génie, et
cette foibleffe, à la manie du raifonnement
ou de l'efprit philofophique? Semblable
à cette trifte faifon, qui ne femble fuccéder aux autres, que pour flétrir ou
détruire les ornemens, dont elles avoient
paré la Terre, l'efprit philofophique a
porté la froideur et la féchereffe dans
tous les champs de la littérature; mais
le champ de la morale eft celui qui a le
plus fouffert de fes atteintes corruptrices.

Je le dis hardiment et fans crainte
d'être démenti par aucun Connoiffeur
impartial, *Voltaire* et *Jean-Jacques
Rouffeau* exceptés, tous les Ecrivains de
ce fiècle, reconnus pour *Philofophes*, né

font que des Ecrivains médiocres, dont le moins médiocre ne fauroit être comparé, dans aucun genre, aux bons Ecrivains du fiècle paffé. Car, je ne compte pas, parmi les Philofophes de nos jours, *Montesquieu* qui a fi bien parlé de la Révélation et du Chriftianifme, ni M. de *Buffon* *), dont la fupériorité

---

*) M. Laharpe, dans son Cours de Littérature, exclut Buffon du nombre des écrivains qui ont illuftré le fiècle de la Philofophie, et y admet Duclos et même d'Alembert: cependant tous les bons critiques, comme tous les connoisseurs, regardent les Difcours qui font à la tête de l'hiftoire naturelle, comme la production d'un des génies les plus perçans et les plus éclairés que la nature ait produits, et comme autant de modèles d'élocution et de style. Quant à d'Alembert, que le Profeffeur du Lycée place à côté de Pascal, tout le monde s'accorde aujourdhui à le regarder comme un littérateur auffi médiocre, qu'il s'est montré grand mathématicien.

reconnue dédaigna toujours de defcendre dans les déclamations, les querelles et les intrigues des Philofophes.

Quoi! les *Diderot*, les *Duclos*, les *Thomas*, les d'*Alembert*, les *Marmontel*, les *Condorcet*, les *La Harpe* *), les *St. Lambert*, fi pronés les uns par les autres, regardés par la multitude comme les flambeaux du fiècle, ne fe feroient pas élevés au-deffus de la médiocrité? Non, Monfieur le Duc, et fi ce font des

---

Son style sans couleur et sans force, n'a que le mérite de la clarté. Il ne s'est élevé au deffus de la médiocrité ou de lui-même, que dans le Discours préliminaire de l'Encyclopédie.

*) A l'époque où cette Lettre a parû, M. Laharpe n'avoit pas donné son Lycée en Cours de Littérature ancienne et moderne, ouvrage qui suppose le talent d'écrire et de grandes connoiffances littéraires, préférable à toutes les autres Productions de l'auteur, sans excepter ses tragédies.

flambeaux, ils brillent sans éclairer,
semblables à ces astres qui ne sont point
un secours pour la Terre, et dont la
présence témoigne que la nuit est arrivée.

Remontez à la source de leur célébrité.
S'ils étoient partis du niveau de leur esprit
et qu'ils eussent parlé naturellement, on
les eut certainement confondus dans la
foule; mais leurs prétentions, excédant
les bornes de leurs talens, ils ont eu
recours à la singularité, en employant
un langage hardi, mystérieux, emphatique,
parcequ'on a l'espoir de persuader au
vulgaire qu'on dit de grandes choses,
quand on s'exprime d'une manière
contournée, quand on déclame contre les
préjugés, ou qu'on affecte le ton de
maitre. Il me semble avoir assisté au
Conseil de leur amour-propre, au moment
où ils ont pris la plume. ,,Si je parcours
,,le sentier battu, quelle gloire pourra-
,,t-il m'en revenir? M'est-il donné
,,d'aller aussi loin que les grands Hommes
,,qui m'ont précédé? Prénons une autre

„voie. La fingularité attire les regards:
„foyons donc finguliers. Qu'importe que
„nos idées foient fauffes, pourvuqu'elles
„foient impofantes? La hardieffe excite
„l'attention: quelle foit le premier de
„nos refforts. La tolérance fiatte les
„efprits; nous la précherons, mais fans
„la pratiquer. Si quelques gens fenfés
„nous trouvent ridicules, nous les ferons
„taire: les Grands que nous fronderons
„en général, et que nous flatterons en
„particulier, ne nous refuferont pas leur
„crédit, pour écrafer nos adverfaires.
„Avec de l'audace et de l'adreffe, on
„triomphe de tout."

De pareilles maximes ne dévoient pas
demeurer ftériles; ils les ont mifes en
pratique. L'air avantageux qu'ils ont fû
donner aux idées les plus communes,
les a fait paroître excellentes, merveil-
leufes. A la fuffifance, quelques-uns
ont joint le fecours d'une obfcurité
myftérieufe, appellée fort à propos, pour
envelopper des penfées fauffes. Tels nos

anciens Aftrologues s'appliquoient à couvrir de ténèbres la bifarrerie de leurs conceptions, et à perfuader que la hauteur de leurs penfées étoit la caufe qui empêchoit de les faifir.

Ce n'eft pas que plufieurs des Auteurs dont je parle, n'aient de l'efprit et même un certain talent; mais leurs productions n'en portent pas moins le caractère de la médiocrité. En eft-il une feule qui offre cette vivacité de conception, cette plénitude de fentiment, cette force de raifon, ce coloris naturel et toujours frais, ce ton aifé, ce ftyle fimple et nombreux, ces tours variés, qui font le fceau diftinctif des bons ouvrages du dernier fiècle? Ne fuffit-il pas d'être un peu familier avec ceux-ci, pour reconnoître au contraire, dans les leurs, de l'enflure pour de la dignité, du bifarre pour de l'original ou du neuf, de la contrainte pour de la légéreté, de froides exclamations pour de la chaleur, de la fubtilité pour de la délicateffe, du faux bel efprit pour de la raifon? Qu'on m'en cite un feul qui porte une véritable empreinte de cette vigueur d'ame extra-ordinaire, qui rend propre à imaginer ou à faifir fortement les beautés d'un fujet, vigueur qui caractérife tous les bons ouvrages du dernier fiècle, et fans laquelle on ne peut fe flatter d'avoir un vrai talent.

Les *Confidérations fur les mœurs de ce fiècle*, paffent pour le meilleur livre de morale qui foit forti des plumes philofophiques. J'avouerai fans peine qu'il annonce l'étude et la connoiffance des hommes, et qu'on y trouve des penfées ingénieufes, des réflexions juftes et pleines de fens; mais eft-ce là un ouvrage fupérieur? L'élocution n'en eft-elle pas feche, incohérente, brufque, décharnée, fatiguante? Ce qui bleffe fur-tout dans ce Livre, c'eft le ton de prétention qui regne d'un bout à l'autre, l'affectation continuelle de l'Ecrivain à donner aux penfées les plus communes un air de profondeur et de nouveauté. Son début même eſt rébutant. *J'ai vécu, dit-il, je voudrois-être utile à ceux qui ont à vivre.* Le ſeul mérite de cette phraſe eſt d'être courte. Qu'offre-t-elle en effet, ſi ce n'eſt une morgue inſultante et un contraſte affecté, entre l'Auteur qui *a vécu* et les lecteurs qui ont *à vivre?* Un autre eut dit: ,,j'ai acquis quelque ,,expérience: je voudrois rendre mes ,,réflexions utiles à mes ſemblables.'' L'expreſſion eut été ſimple et naturelle; mais il convenoit au Philoſophe de ſe redreſſer, de frapper l'oreille, et d'annoncer qu'il avoit ſû profiter de la vie.

Au-lieu de ſe borner à dire, que l'extrême diſſipation qui regne dans les Sociétés de Paris, fait qu'on ne prend pas aſſez d'intérêt les uns aux autres, pour être difficile dans ſes liaiſons, il dit, avec une recherche intolérable: *il regne à Paris une indifference générale qui multiplie les goûts paſſagers; qui tient lieu de liaiſon; qui fait que perſonne n'eſt* de trop *dans la Société; que personne n'y est nécessaire.* Tout le monde *se convient; personne ne se manque; on se recherche peu; on s'accueille avec plus de vivacité que de chaleur; on se perd sans regret,* etc. Chap. I.

A quoi bon se donner tant de peine? Pourquoi ces assauts de couleur, ces nuances étudiées, ces expressions pincées et subtiles, pour exprimer une observation aussi rebattue que celle-là? Quand on cherche à instruire son lecteur et non à lui paroître merveilleux, on s'exprime plus simplement, et l'on n'a pas recours, comme *Duclos*, à la coquetterie des phrases coupées, graduées et sententieuses.

Les préjugés les plus tenaces, dit-il, dans le même chapitre, *sont ceux dont les fondemens sont les moins solides. On peut se détromper d'une erreur raisonnée, par cela même qu'on raisonne; mais comment combattre ce qui n'a ni principe ni conséquence?*

A qui cet Auteur fera-t-il comprendre que la ténacité d'une chofe, d'un préjugé, d'une erreur, dépend de la foiblesse de fes fondémens? N'eft-il pas plus aifé de démontrer, que les préjugés qui réfiftent le plus aux lumières de la vérité, font ceux qui ont des racines plus fortes dans nos intérêts ou nos paffions, et qu'alors ces fondemens ne doivent pas être regardés comme peu *folides*? Le moyen de fe détacher, par le raifonnement, d'une erreur que le *raifonnement* a produite? Enfin, demander *comment combattre ce qui n'a ni principe ni conféquence*, c'eft demander comment anéantir ce qui n'exifte point. Mais les erreurs, fur-tout celles qui font *raifonnées*, ont un *principe* et une *conféquence*: le principe à la vérité eft vicieux et la conféquence mal déduite; mais ils n'exiftent pas moins.

Prefque tout l'ouvrage des *Confidérations* eft écrit de ce goût. Il n'y a point de chapitre qui n'offre des penfées fauffes ou mal développées, et des penfées triviales déguisées sous l'appareil des grands mots. Pour dire que les mœurs d'un Peuple ont plus d'influence sur sa conduite que les loix, l'Auteur nous dit: *les mœurs d'un Peuple sont le principe actif de sa conduite, les Loix n'en sont que le frein; celles-ci n'ont donc pas sur lui le même empire que les mœurs. On suit les mœurs de son siècle, on obéit aux loix; c'est l'autorité qui les fait ou qui les abroge; les mœurs d'une Nation lui sont plus sacrées et plus cheres que les loix.*

En un mot, la manie de donner à toutes ses idées un tour sentencieux, et la fureur marquée de mettre de l'esprit et de la finesse, où il ne faudroit que de la simplicité, rendent son style énigmatique, faux et insoutenable. Vous en jugerez par ces morceaux pris au hazard.

A l'égard de ceux qui se préfèrent naïvement à nous, c'est parcequ'ils n'ont

pas

pas de droit à la jalousie. . . . . La cupidité réduite en système fait les crimes. Nous devons à tous ceux qui nous doivent, et nous leur devons également, quelque différens que soient ces devoirs. . . . Les Peuples les plus sauvages sont les plus criminels. Les Peuples policés valent mieux que les Peuples polis. Chap. L.

Les mauvais succès ne détrompent pas ceux qu'ils humilient. On est plus humilié d'être au-dessous de ses prétentions, que de ses devoirs. . . . L'indifférence est la seule disposition de l'ame qui doive être ignorée de celui qui l'éprouve: il n'y a qu'un intérêt très-sensible qui fasse jouer l'indifférence. L'esprit sert à tout et ne supplée presqu'à rien. . . . . On les croit capables de faire tout ce qu'ils n'ont pas fait, et uniquement parcequ'ils n'ont rien fait. Chap. XI.

Ce n'est assurément pas ainsi qu'écrivoient Pascal, Nicole, La Bruyère, Abadie et les autres Moralistes, dont on ne retient ſi facilement les penſées, qué parcequ'elles font facilement et ſimplement exprimées.

Après les *Conſidérations ſur les mœurs de ce Siècle*, l'ouvrage de morale le plus vanté par les Philoſophes eſt l'*Introduction à la connoiſſance de l'Eſprit-Humain*, par M. de *Vauvenargues*, mort à Paris en 1747, dans des ſentimens *très-philoſo-phiques*, expreſſion conſacrée pour dire très-peu chrétiens.

C'eſt à l'occaſion de cet Ouvrage de morale que *Voltaire* s'eſt écrié, en apoſtrophant l'Auteur: *Comment avois-tu pris un vol ſi hardi dans le Siècle des Petiteſſes? Par quel prodige avois-tu à l'âge de 25 ans la vraie Philoſophie et la vraie éloquence?*

Cependant, Monſieur le Duc, rien de moins ſublime que l'eſſor de ce *vrai Philoſophe*. Vous en jugerez par les Penſées mêmes que *Voltaire* en rapporte, et qu'il cite comme les plus *profondes* et les *plus dignes d'être méditées par ceux qui pensent.* Voici la premiere.

La Raison nous trompe plus souvent que la Nature.

Il n'y a là, ce me semble, rien de bien *profond.* Je crois y voir au contraire un défaut de justesse. En effet, qu'est-ce que la *Raison,* sinon cette lumière qui naît de l'expérience ou de l'éducation, qui nous fait connoître le bien et le mal, ce qui nous est avantageux ou nuisible? Et qu'est-ce que la *Nature,* sinon l'assemblage de nos habitudes, de nos besoins, de nos passions? Or, qui peut nier que ce ne soient les passions qui aveuglent, enivrent et trompent la raison? M. de *Vauvenargues* en convient lui-même dans la seconde Pensée rapportée par son Panégyriste.

Si les passions font plus de fautes que le jugement, c'est par la même raison que ceux qui gouvernent, font plus de fautes que les hommes privés.

Si ce font les paffions qui *gouvernent* le jugement, il eft donc faux que la raifon nous trompe plus fouvent que la nature. Les écrivains de notre Siècle parlent fouvent de la *nature*, mais ils ne nous difent jamais ce qu'ils entendent par ce mot.

La penfée de la mort nous trompe; car elle nous fait oublier de vivre.

Quelle étrange morale! la penfée de la mort ne nous trompe pas, puifqu'elle a un objet certain: elle ne nous fait pas non plus oublier de vivre, puifque fon effet le plus ordinaire eft de porter, même les Epicuriens, à mettre le temps à profit.

Les plus fauffe de toutes les philofophies eft celle qui, fous prétexte d'affranchir les hommes des embarras des paffions, leur confeille l'oifiveté.

On pourroit dire, que la plus fauffe de toutes les philofophies eft celle qui raisonne ainsi; car quel philosophe conseilla jamais l'*oisiveté*, mère de tous les vices? L'Auteur moraliste a peut-être voulu dire *la paresse*; mais la paresse elle-même n'est-elle pas la plus ardente et la plus maligne de toutes les passions, quoique sa violence soit insensible, et que les dommages qu'elle cause soient très-cachés, ainsi que la très-bien observé *la Rochefoucault*? On peut dire, en effet, que la Paresse est, pour l'ame, une espèce de fièvre lente qui, a la longue, l'altere, consume ses forces, la rend, pour ainsi parler, paralytique et incapable de toute vertu.

Nous devons peut-être aux passions les plus grands avantages de l'esprit.

Cette pensée est si peu *profonde*, si peu *neuve*, que le *peut-être* la rend niaise. Et véritablement, qui peut ignorer que les passions sont le ressort de l'esprit? que d'un sot elles font souvent un homme habile, comme, quand elles sont extrêmes, elles font quelquefois un fot ou plutôt un fou du plus habile homme du monde? Sans les paſſions, point de chaleur ni de fentiment; fans le fentiment et la chaleur, point d'éloquence ni de vrai talent. Il faut donc avoir bien peu réfléchi, pour mettre en doute que l'eſprit doive aux paſſions fes plus grands avantages.

Quiconque eſt plus févère que les loix eſt un tyran.

Si c'eſt dans les Tribunaux, loin de renchérir fur les punitions que les loix infligent, on les mitige en tous lieux: la penſée alors devient inutile. Si c'eſt dans la Société, la penſée alors eſt évidemment fauſſe; car les loix ne puniſſent point les Ingrats, ni les Philo-fophes qui déraiſonnent, ni les *Morel* qui s'inſinuent dans la confiance d'un *Favras*, pour le dénoncer enſuite. Accufera-t-on pour cela de *tyrannie* les honnêtes gens qui puniſſent l'ingratitude,

la déraison et la perfidie, par le mépris,
le ridicule et le déshonneur? Il est bon
que les moeurs soient plus séveres que
les loix : celles-ci se bornent à punir le
crime ; les moeurs portent à bien faire,
et sont, en cela, plus précieuses que
les loix. Combien sont donc coupables
ceux qui s'efforcent d'ôter au peuple ses
préjugés, ses opinions, de changer ses
habitudes, de corrompre et d'anéantir
nos moeurs?

Voilà pourtant, Monsieur le Duc, les
sublimes maximes que *Voltaire* offre à
l'admiration publique et à la méditation
de ceux qui savent penser. Quel cas
faire, après cela, du suffrage de ce
fameux Ecrivain?

Mais que signifie cette maniere de
composer par pensées détachées, commune
à presque tous nos Ecrivains Philosophes?
Daignez y faire attention et vous verrez
que, chez eux, c'est partout, jusques
dans l'Histoire, une circonscription étroite

qui isole les objets, et prouve l'impuissance de saisir et de lier l'ensemble d'un sujet. Ils traitent toutes les matieres par chapitres, par paragraphes ou par réflexions séparées; et quand l'ouvrage ne comporte pas ces sortes de divisions, ce sont, à chaque page, des incohérences, des intermissions, des repos forcés, qui prouvent que la respiration de ces Messieurs est très-courte, et que, semblables aux asthmatiques, ils sont obligés d'interrompre leur marche, pour reprendre haleine. Delà ces mélanges de lueur et d'obscurité, tant de reticences et d'exclamations de commande, ces transitions forcées, ces longs épisodes, ces sentences parasites, qu'on peut détacher du fond, sans nuire à l'ouvrage, ce qui prouve qu'il est sans ordre, sans unité, et par conséquent sans génie. Mais d'où vient, qu'ils ne peuvent fournir une longue carriere, sans haleter à chaque pas? C'est qu'ils ne possédent qu'un demi talent, qu'une ame imparfaite, si l'on peut hasarder ce terme; car l'ame d'un

Ecrivain eſt dans l'accord du coeur et de l'eſprit, et nos Philoſophes n'ont que de l'eſprit.

Eh! quel uſage encore ont-ils fait de leur eſprit! Peu contens d'avoir dénaturé les règles, d'avoir perverti les genres, d'avoir corrompu le goût, ils ont répandu des maximes dangereuſes, établi des principes pernicieux, enſeigné des dogmes négatifs et déſtructeurs, traité la morale et la religion, comme ils ont traité la raiſon et le goût. Cependant, quelque facilité qu'ils aient à concevoir et à mettre au jour avec aſſurance des idées fauſſes ou biſarres, il ne faut pas croire que ce ſoit ſans précaution, qu'ils ont entrepris de renverſer les principes religieux et monarchiques. Ce projet a été concerté avec beaucoup d'adreſſe. Pour dénaturer le goût, ils n'avoient à redouter que les réclamations de quelques Gens de Lettres; mais en frondant trop ouvertement la religion et l'autorité, ils avoient à

craindre d'armer contre eux le Gouvernement. Ils ont donc caché leur marche,
et tâché de parvenir à leur but, en
déguifant leurs motifs par des ccups
ménagés. De peur d'effrayer par des
maximes, dont la hardiefle eut d'abord
révolté, ils ont débuté par des déclamations modérées contre les préjugés.
Leur maniere étoit infidieufe : ils vouloient
épurer les idées, réformer des erreurs
nuifibles, infpirer plus d'amour pour la
vérité, plus de zèle pour la vertu ; mais
entraînés par l'efprit d'indépendance qui
les maîtrifoit, ils ont mis dans la claffe
des préjugés funeftes, les opinions les
plus utiles au bon ordre de la Société,
et fous prétexte de combattre le fanatifme
et la fuperftition, ils ont attaqué les
dogmes fondamentaux du Chriftianifme
et empoifonné les fources de la morale.

Ils ne fe font pourtant pas aveuglés
fur les effets de l'humeur inquiéte qui
les portoit à tout profcrire : pour
s'autorifer dans leurs déchainemens, ils

avoient befoin d'un appui : la *Tolérance* a été la Divinité à laquelle ils ont eu recours. Ils l'ont prêchée cette Tolérance, ils l'ont préconifée, ils ont célébré fon culte, et fait leurs efforts pour ranger tout le monde parmi fes adorateurs, dans l'efpoir d'accréditer avec impunité leurs opinions négatives, et de ne rien tolérer, dès qu'ils auroient établi leur domination.

La vanité des Hommes habilement ménagée devoit entrer auffi dans la politique des Philofophes. Ils ont déployé les rufes de la flatterie; tous les Gens en place qui avoient des prétentions à l'efprit ont été careffés, préconifés. Le fiècle, qu'on vouloit fubjuguer, avoit befoin d'être féduit et aveuglé : auffi en ont-ils fait le *Siècle des Lumières* et le *Siècle des chofes*. Ils ont vanté les progrès de la raifon, en infinuant toutefois que la raifon eft le fynonime du fcepti- cifme. *La raifon*, difoit Diderot, *a fait de grand progrès fous Boindin*, et l'on fait que *Boindin* a été long-temps dans

Paris le prédicateur de l'athéisme. *Voltaire*, de son côté, appelloit *Bayle*, *l'éternel honneur de la raison humaine.* D'autres faisoient l'éloge d'*Anaxagore*, de *Pyrrhon*, d'*Epicure*, de *Lucrèce*, et ces premiers apôtres de l'athéisme étoient placés au rang des Sages les plus éclairés. En parlant des écrits philosophiques de *Dumarsais*, d'*Alembert*, disoit dans une séance publique de l'Académie française : *de pareils ouvrages, pleins de vérités hardies et utiles, dont le genre humain est redevable à quelques hommes de lettres, sont aux yeux de la postérité la gloire des gouvernemens qui les protègent, la censure de ceux qui ne savent pas les encourager, et la honte de ceux qui les proscrivent.* Par de telles maximes, en assurant d'un ton décidé, la *gloire* ou la *honte* des gouvernemens, sur la protection donnée ou refusée à des ouvrages *pleins de vérités hardies*, le moyen de ne pas parvenir à faire regarder les philosophes comme des personnages intéressans, merveilleux et respectables ?

Après les louanges prodiguées aux Philosophes les plus téméraires, sont venus, par une conséquence nécessaire, une foule de traits lancés contre les défenseurs du Christianisme. Les *Bossuet*, les *Fénelon*, les *Huet*, les *Pascal*, les *Abadie*, ont été immolés sans miséricorde à leurs antagonistes; on a même cherché à répandre des nuages sur la sincérité de leurs sentimens religieux. Rien en un mot n'a été négligé, pour amener les esprits à cette indifférence qui détache des idées reçues, et rend indulgent pour de nouvelles maximes et de nouveaux systèmes.

Les voies ainsi préparées, il n'étoit plus question que de *jetter à la tête du Public*, selon l'expression de *Diderot*, *des propositions audacieuses, pour l'accoutumer aux incartades de la Philosophie.* Le projet fut exécuté par lui-même, dans les *Pensées Philosophiques.* Sans se donner la peine de songer à ce qu'il avançoit; sans s'inquiéter de ce qu'on pourroit lui répondre; ou, pour mieux dire, n'écoutant que les mouvemens de son inspiration phrénétique, *la pensée qu'il n'y a point de Dieu, dit-il, n'a jamais effrayé personne.* Pens. IX.

De quelles *Personnes* prétend-il parler? Sans doute de ces ames tombées dans l'abrutissement de la débauche, concentrées dans leur malice, endurcies au crime, qui existent sans remords, sans idées ni sensations. S'il eut interrogé les ames droites, sensibles, vertueuses, il auroit appris que la pensée la plus désolante pour elles et pour tous les malheureux (si cette pensée étoit possible à d'autres qu'à des Philosophes furieux), seroit celle de la non-existence de Dieu. Mais n'admirez-vous l'effronterie avec laquelle ce Philosophe se donne pour l'interprète du genre-humain, prêt à le démentir sur cette horrible assertion!

La pensée qu'il n'y a point de Dieu n'a jamais effrayé personne; mais bien celle, ajoute-t-il, *qu'il y en a un tel que celui qu'on me peint.*

L'idée d'un Dieu qui punit après la mort n'eſt effrayante que pour les *Beaumarchais*, les *Mirabeau*, les *Linguet*, qui ont fermé l'entrée de leur cœur au repentir; mais elle eſt conſolante et la ſeule vraiment conſolante pour l'honnête homme, pour le bon citoyen, pour l'homme vertueux. L'idée que la Religion nous donne de l'Etre - Suprême peſe également ſur ſa juſtice envers les méchans, ſur ſa clémence envers les foibles, ſur ſa bienfaiſance pour les vertueux; et ſi cette idée, effrayante pour les uns, encourageante pour les autres, conſolante pour les derniers, pouvoit être l'ouvrage de l'homme, elle ſeroit ce que la politique humaine auroit imaginé de plus ſublime et de plus propre à faire aimer la vertu et déteſter le vice.

Il eſt aiſé de concevoir, Monſieur le Duc, combien ces éruptions philoſophiques, travaillées de longue main, ont du faire de fingulieres impreffions fur le Public. Avec de la nouveauté et de l'audace, on eft toujours affuré de remuer la multitude et d'entraîner les efprits vulgaires, qui n'attendent que le moment de l'électricité, pour entrer en fermentation et fe dévouer à l'erreur. Les Philofophes étoient affurés d'avance du fuffrage de ces fortes d'efprits, et ne doutoient pas que ce fuffrage ne leur procurat, par une efpèce d'épidémie, une foule d'autres partifans. Et véritablement, rien de fi conforme au génie François, que d'adopter avec fureur ce qui eft nouveau, et fur-tout ce qui eft étrange. Nous fommes naturellement plus légers, plus inconftans, que les autres Peuples. Jouets de notre volage imagination, tout ce qui la frappe, nous occupe; tout ce qui la remue, nous intéreffe; tout ce qui la flatte, nous tranfporte; la nouveauté des objets, dont elle amufe nos penfées, communique à notre ame fon incertitude et fa mobilité. Un homme facile s'enthoufiafme d'abord de ce qui favorife fes goûts. Le bandeau de l'illufion, mis adroitement fur les yeux d'un homme fans expérience, le fait tomber dans le piége. L'homme droit, mais crédule, fe laiffe prendre aux apparences de l'amour du bien. L'homme fenfé, mais foible, réfifte quelque temps à la contagion de l'exemple; il fe laiffe enfuite étourdir par les cris de l'admiration, et finit par groffir le troupeau.

Ce fut, Monfieur le Duc, vers le tems où l'Encyclopédie parut, que les Philofophes commencerent à faire fecte et à fe rendre redoutables. Peu d'accord entre eux, mais réunis contre la religion; ardens à former des intrigues, pour accroître et foutenir leur cabale; calomniateurs adroits du mérite qui leur réfiftoit; adulateurs de la puiffance et du crédit, ils devinrent les difpenfateurs de la renommée, les arbitres des réputations, les diftributeurs des places et des honneurs littéraires, et bientôt tout ce

qui afpiroit à la gloire de l'efprit,
depuis la pourpre jufqu'à la bure, dans
l'Eglife comme dans la magiftrature,
prit les livrées de la philofophie. Les
Princes eux - mêmes carefferent cette
nouvelle domination, devant laquelle toutes
les autres devoient difparoître.

Voilà, Monfieur le Duc, par quels
moyens, les philofophes du fiècle font
parvenus à accréditer leurs idées, à
repandre leurs maximes, à captiver les
amours - propres, à féduire les efprits,
à aveugler les gouvernemens, à infpirer
de l'indifférence pour la religion, du
mépris pour l'autorité, du goût pour
l'indépendance, à détacher les Français
de l'amour pour leur Roi, à changer le
caractère national, à metamorphofer, en
un mot, un peuple renommé par fa
douceur, fa politeffe, fa générofité, en
une aggrégation de brigands, de voleurs
et d'affaffins.

C'eft fur-tout par l'influence de l'efprit
de *Voltaire* fur fon fiècle, que s'eft opéré

ce funeste changement. Le ridicule que ses écrits ont répandu sur la religion a appris à la braver, et le mépris de la religion entraîne celui de toutes les autorités et de toutes les bienséances sociales. On a peine à concevoir comment le Gouvernement a pû négliger de mettre un frein à l'intempérance et à la hardiesse de la plume de cet Écrivain, et comment il n'a pas du moins empêché la libre circulation de ses ouvrages licencieux, dans le Royaume. Interdire la vente des poisons et permettre ou tolérer le débit de productions telles que *la Pucelle*, le *Dictionnaire philosophique*, les *Questions sur l'encyclopédie*, n'est-ce pas tomber dans la plus absurde des contradictions? L'arsenic ne tue que les corps et ne peut faire mourir que des individus; le poison de l'impiété tue les ames, et peut corrompre des peuples entiers et les générations futures.

Vous savez, Monsieur le Duc, qu'il n'a pas dépendu des efforts et de la perfévérance courageufe de mon zèle, d'éclairer le Gouvernement fur les dangers de l'efprit philofophique, fur l'ignorance ou le charlatanifme de fes propagateurs, fur les malheurs qu'il préparoit à la nation et à lui-même, en protégeant les Philofophes; mais les *Turgot*, les *Malesherbes*, les *Miromenil*, infectés eux-mêmes du virus philofophique, n'avoient pas affez de bon fens ou de lumières, pour fentir qu'ils en manquoient, affez de politique, pour voir que les loix font impuiffantes fans la religion, ni affez de philofophie, pour fe déclarer contre celle du fiècle. Et véritablement, une philofophie ennemie des illufions, des préjugés, des idées religieufes, l'eft auffi des plaifirs, des vertus, et du fentiment, et eft plutôt folie que fageffe.

Il eft pourtant fâcheux que tous ceux qui, comme vous et moi, ont connu de bonne heure les dangers de l'efprit philofophique du fiècle, patiffent de l'ignorance et de l'impéritie miniflérielles. Je plains fur-tout le Roi, dont les intentions font fi pures, et qui, mal entouré, mal confeillé, et mal inftruit, ne fe doute pas qu'il n'eft point, à beaucoup près, au terme de fes afflictions. On dit qu'il connoit parfaitement la carte de fon Royaume et des autres pays; s'il connoiffoit de même celle du coeur et de l'efprit humain, il chercheroit et trouveroit le moyen de fe fouftraire aux infames perfécutions des ufurpateurs de fon autorité, capables d'attenter à fa vie, comme ils ont attenté à fon exiftence politique et morale.

Je vous prie, Monfieur le Duc, d'agréer, en dépit de l'égalité fi vantée, l'affurance du profond refpect avec lequel je fuis, etc.

—————

LETTRE II.

sur

BUONAPARTE et LOUIS XVIII *).

J'avoue, Monfieur, que je fuis né obfervateur; mais fi j'ai fouvent rencontré la vérité dans mes annonces de l'avenir, c'eft à mon bonheur, en fait de preffentimens, plus qu'à mes foibles lumières, que vous devez l'attribuer. Il y a des gens heureux au jeu, à la guerre, dans le négoce, et je le fuis en obfervations et en conjectures fur les évènemens politiques.

---

*) Cette Lettre et les deux fuivantes ont été écrites, à peu d'intervalle, l'une de l'autre, dans le cours de l'an 1801. L'Auteur étoit alors à Erfort, capitale de la Thuringe.

Puisque vous voulez absolument, que e vous fasse connoître mon opinion sur le sort de *Buonaparte*, je vous dirai naïvement, que le même instinct moral, qui, dès le commencement de ses brillans succès, en Italie, me fit prévoir et vous annoncer, qu'il se rendroit le maître de la Révolution, et qu'il pourroit devenir le *Munck* de la France, ce même instinct me dit aujourd'hui, que, s'il tarde trop à réaliser l'espérance que j'avois alors, et qui m'engagea à lui écrire, il ne tardera pas lui-même de payer, de sa honte et peut-être de sa vie, le triste honneur de parodier, je ne dis pas la puissance, mais la dignité royale.

Quoique cet Homme, vraiment extra-ordinaire, n'ait pas cessé de m'intéresser et de me paroître supérieur aux autres Révolutionnaires, par ses qualités, autant que par son bonheur, je vous avoue, Monsieur, qu'il a beaucoup perdu dans mon estime, depuis qu'il exerce l'emploi de Magistrat suprême de la République.

Je le trouve au-deſſous de ſa place, et fort au-deſſous de lui-même. Le héros a diſparu ſous le prince; la vanité a remplacé l'orgueil. Plus jaloux de régner, que de gouverner, il ne mène pas, il eſt mené. Les honneurs, que la gloire lui a fait obtenir, la lui ont fait oublier. Les malignes vapeurs de la flatterie ſemblent avoir altéré ſon jugement. Le moyen, en effet, quand on a la tête ſaine, de ſe perſuader, comme tout annonce qu'il le croit, que la Nation françaiſe, ſi frivole, ſi vaine, puiſſe longtems ſe laiſſer gouverner, ſous des formes ſomptueuſes et vraiment royales, par un ſimple gentilhomme, par un étranger? Un homme d'eſprit, jouiſſant de toute ſa raiſon, peut-il ignorer qu'en France, où l'arme du ridicule a tant de puiſſance, il ne faut qu'une épigramme, un mot plaiſant, pour tourner en dériſion le plus grand homme, et pour le perdre ſans retour dans l'opinion nationale, quand il montre quelque foibleſſe?

Dans

Dans la carrière de l'ambition, il eſt un terme, où l'on rétrograde, en avançant, et le premier Conſul eſt arrivé à ce terme. N'ayant pas ſû profiter du ſuccès miraculeux de la révolution du 18. brumaire, pour s'emparer de la dictature, il a adopté un ſyſtême de modération, très - impolitique à l'égard d'un peuple dont les extrêmes forment le caractère. Pour avoir ménagé tous les partis, il n'en a contenté aucun, et il a donné aux eſprits les plus irrités les moyens de conſpirer contre lui. A la fois méſeſtimé et haï de Jacobins, ſes ennemis de tous les tems; des Royaliſtes, dont il a fruſtré les eſpérances; des Chouans, qu'il a ſéduits et trompés; des Emigrés, des Prêtres déportés, des Catholiques, à qui il n'a donné qu'une demi-protection, qui décèle la mediocrité de ſon pouvoir ou celle de ſa politique; dans cet état de choſes, s'il n'a pas perdu toute ſageſſe, il doit voir qu'il a tout à craindre, qu'il eſt continuellement ſous l'épée de *Damoclès.* Et véritablement, il ne peut se dissimuler qu'il occupe la place d'un *Roi*, et qu'au nom près, il en joue le rôle. *Henri IV*, tout vrai Roi et tout bon Roi qu'il étoit, ne put éviter le couteau des mécontens, et le déstructeur des sections de Paris croiroit échapper aux coups multipliés de la haine, de la jalousie, de l'esprit de vengeance, et à ceux du fanatisme!

Je ne sais, Monsieur, si vous serez de mon opinion, mais je pense, que le seul moyen qu'ait *Buonaparte* d'assurer sa vie et de consolider en même tems la fortune de sa famille nombreuse, est de prévenir l'inconstance et la justice de la Nation, en employant tout ce qu'il lui reste de ressources, pour ménager le retour du Monarque légitime. Je dis *légitime*; car, si la France ne peut, comme le pensent tous les gens sensés, trouver le repos et le bonheur, que sous une véritable Monarchie, elle ne sauroit en jouïr, qu'en éloignant de son sein l'esprit de faction, que l'illégitimité

du Monarque y entretiendroit nécessaire-
ment. Un *Bourbon*, fut-ce même le
digne Epoux de l'augufte Fille de
l'infortuné *Louis XVI*, ne pourroit fe
maintenir, en paix, fur le trône, fans
l'abdication préalable et libre des Princes
que le droit y appelle. — Mais pourquoi
craindroit-on d'y placer, de prime abord,
Louis XVIII, à qui il appartient?...
Qui ne fent que les actions et inactions,
que lui reprochent quelques Royaliftes
irréfléchis, font étrangeres à fon caractère?
Depuis qu'il penfe et agit d'après lui-
même, c'eft-à-dire, depuis la mort
tragique de *Louis XVI*, peut-on citer
une feule de fes actions, que la fageffe
et la vertu euffent défavouée? ni aucune
tentative louable et poffible qu'il ait
négligée pour reconquérir fon héritage?
Méconnu, dans fon exil, de tous les
Potentats: abufé par les anciens Alliés
de la France; délaiffé par les Princes
mêmes de fa Maifon; pourfuivi par les
affaffins et les fpoliateurs de fa Famille,
jufques dans les chaumieres où l'avarice

3 *

et la timidité des Cours le forçoient de
se réfugier, il s'est conduit, partout,
et dans les circonstances les plus critiques,
non seulement en homme, dont l'ame est
aussi noble que le sang, mais encore en
homme sage et d'esprit, oubliant qu'il
étoit Prince, sans jamais oublier, qu'il
étoit Français, et faisant sentir aux
Souverains qui le repoussoient, que s'il
n'étoit pas heureux, il étoit digne de
l'être.

On dit que, de toutes les persécutions,
que ce Descendant de plus de trente
Rois a éprouvées, de la part ou par
l'entremise des Souverains, son expulsion
subite de Mittau, à laquelle il n'a pas
fourni l'ombre d'un prétexte, lui a été
la plus douloureuse, moins pour lui-
même, que pour les malheureux qu'on
avoit assemblés autour de sa personne,
sans qu'il l'eut demandé. Tous ces
nobles et fidèles Serviteurs, la plûpart
âgés et quelques uns infirmes, ont été
congédiés, comme lui, sans aucun égard,

dans le coeur de l'hyver, au milieu des glaces, obligés de fe frayer un chemin à travers les neiges, et manquant des chofes les plus néceffaires. Les coups du fort les plus affligeans, les plus funeftes font, en effet, ceux qui forcent un illuftre infortuné à étouffer fes plaintes, à enchainer fon courage, à dévorer fes larmes, fans avoir les moyens de foulager ceux, dont l'attachement à fa perfonne aggrave le malheur. Cependant, Monfieur, s'il faut vous dire ce que je penfe, quelque cruelle, quelque barbare, quelqu'affreufe qu'ait été cette perfécution, je vous avouerai que je m'en fuis fecrettement réjoui, par amour pour la bonne caufe et pour *Louis XVIII* lui-même. Après les prévenances et les marques d'amitié, que ce Prince avoit reçues de *Paul I*, un traitement fi odieux et fi peu mérité, étoit fait pour émouvoir les coeurs en fa faveur, pour lui concilier l'intérêt des autres Souverains, et furtout celui du premier Conful. Celui-ci, toujours jufte, toujours fage, toujours grand, quand il peut suivre librement les mouvemens de son ame, n'a pas craint de désaprouver hautement la conduite de l'Autocrate, devenu son admirateur et son *Ami*, et d'en marquer même son étonnement aux Ambassadeurs étrangers, dans la premiere audiance, qu'il leur a donnée, après cet évènement.

Il n'est peut-être pas inutile, Monsieur, de vous faire observer, que la mort précipitée et inattendue de *Paul I*, arrivée si peu de semaines après sa barbare extravageance, a été regardée ici, même par des esprits peu crédules, comme une punition divine, et comme un présage de l'inauguration, plus ou moins éloignée, du Comte de *Lille* au trône d'*Henri IV*. Bien que je ne sois pas superstitieux, je vous avoue que, quand je songe aux dangers que cet illustre Exilé a évités; au bonheur qu'il a eû d'échapper aux Démagogues, par la sortie de France; au coup de carabine qu'il reçut à Dellingen, et qui ne fit

qu'écorcher un peu fa tête; à l'anéan-
tiffement total de la vieille République
de Venife, furvenu quelque tems après
l'ordre qu'elle lui avoit fignifié de fortir
de fes Etats; enfin à la mort tragique,
et fi heureufe pour les Ruffes et pour
les Anglois, du Succeffeur de l'immortelle
Catherine II; je vous avoue, dis - je,
que je fuis également tenté de croire,
que le Comte de *Lille* a un génie
protecteur, une véritable étoile qui,
après les leçons de l'adverfité, l'appelle
à faire un jour le bonheur de fa patrie,
qu'il honore par fa conduite et fes
fentimens. Ce qui eft hors de doute,
au jugement des obfervateurs, c'eft que,
fans un Roi, et un Roi légitime, la
France fera toujours orphéline, et qu'il
dépend de *Buonaparte*, plus que d'aucun
Potentat, de la faire rentrer fous le
régime royal et paternel.

Hélas! Monfieur, à quoi tiennent
donc les deftinées des Etats, s'il fuffit
d'un *Mirabeau*, pour renverfer un trône

enraciné dans les siècles, et d'un *Buonaparte*, pour dissoudre une République, à la vérité, formée par le délire, cimentée par le crime, couverte de misère, mais devenuë, par ses armées, l'admiration et la terreur de l'univers !

Si le premier Consul est complettement heureux, s'il entend ses nouveaux et vrais intérêts, et ceux de ses frères et neveux, s'il consulte ses amis ou les sages, et non ses courtisans, il préférera la gloire solide, de faire un Roi, à l'honneur pénible et dangereux d'en jouer le personnage. C'est ce que disent tous ses partisans, ce que se contentent de penser ses favoris, ce que craignent ses ennemis, et ce qu'il se hâtera d'exécuter, s'il aime véritablement les Français. Tous sentent le besoin du retour de la Monarchie, et la très-grande majorité le désire, sans en excepter ceux, des acquéreurs de biens nationaux, qui n'ont pas de crimes manifestes à se reprocher. Les Français reconnoissent, s'ils ne l'avouent pas

hautement, qu'en changeant leur ancienne
Conſtitution, ils n'ont fait que changer
de Maîtres, et ils trouvent les chaines,
de la façon des Législateurs et Gouvernans républicains, plus peſantes et moins
honorables, que celles qu'ils portoient
ſous les Rois. Et véritablement, jamais,
ſous les plus mauvais Rois, les abus ne
furent ſi révoltans, les taxes, les impots
ſi multipliés, les finances ſi mal
employées; jamais on ne vit tant
d'adminiſtrateurs ſalariés, tant de
déprédateurs impunis, tant de monopoles
autoriſés, tant de gens en place
corrupteurs ou corrompus, tant de
pauvres dans les villes, de mandians
dans les campagnes, de brigands ſur les
grandes routes, de divorces et de ſuicides
dans les familles; jamais il n'y eut ſi
peu de ſûreté pour les propriétés, ſi peu
de confiance et de bonne foi dans le
commerce, ſi peu de moralité dans
toutes les claſſes de citoyens; jamais les
châtimens et les punitions de la Juſtice
n'inſpirerent au peuple moins d'effroi,

ni le déshonneur et l'infamie moins de
crainte aux efprits cultivés ; et tout cela,
parcequ'il n'y eut jamais moins de
religion en France ; car, comme l'a dit
J. J. Rouffeau, du mépris de la religion
naît celui de tous les devoirs.

La France a évidemment befoin d'être
régénérée ; et fi *Buonaparte* n'eft pas
ébloui par les honneurs ou ennivré par
l'encens qu'on lui prodigue, il doit voir
qu'elle ne peut rentrer en fanté, que par
un Monarque héréditaire, intéreffé à fa
profpérité, comme à un bien qui lui eft
propre ; par un Roi du fang d'*Henri le
grand*, un Roi, formé, comme le
vainqueur de la Ligue, à l'école du malheur ;
un Roi plein d'efprit, de lumières et de
magnanimité, comme l'ami de *Sully*.
Oui, Monfieur, un tel Roi peut feul
fauver la France, et réunir, comme fon
modèle, tous les partis dans l'amour du
Souverain ou Repréfentant fuprême de la
Nation, parcequ'un tel Roi eft capable
de régler fa conduite fur le rapport des

chofes, et non fur celui des perfonnes,
de facrifier les confidérations particulieres,
à l'intérêt politique, d'oublier le paffé,
en faveur du préfent et de l'avenir, et
de ne fe reffouvenir que des fervices.
Vous favez, Monfieur, que *Louis XVIII*
a donné les Armes de France au Comte
d'*Avaray*, pour lui avoir ménagé les
moyens de fortir du Royaume: que ne
fera-t-il pas pour celui qui lui aura
ménagé les moyens d'y rentrer? . .

Je fuis, etc.

LETTRE III.

sur

*le rétablissement de la Monarchie Française et sur l'ignorance des Hommes d'État, principale cause du retardement de l'ordre, en Europe *).*

Je vous pardonne, Monfieur, d'avoir rendu publique ma *Lettre sur Buonaparte*, puifque vous avez eû la précaution d'en fupprimer ce qui auroit pû en déceler l'auteur; mais je ne faurois vous par-

---

*) Cette Lettre n'a point été répandue dans le public. Celui à qui elle fut écrite, dans le mois de Mai 1801, et qui l'a livra à l'impression, n'en fit tirer qu'un petit nombre d'exemplaires, destinés à ses amis et à quelques personnes en place.

donner d'en avoir envoyé un exemplaire au premier Conful, dans la perfuafion, dites-vous, que ce pamphlet eft capable de produire un effet falutaire fur fon efprit. Comment une pareille idée a t'elle pû entrer dans le vôtre? Ignorez-vous que les paffions, fi clairvoyantes pour tout ce qui les favorife, font aveugles et fourdes pour tout ce qui les contrarie? Et en connoiffez-vous de plus indocile à la raifon, que la paffion du pouvoir?

Buonaparte fe montre trop fier de fa qualité de Chef de la République, trop vain des honneurs de la repréfentation; il met trop de mefure et de poids, dans fes manières et fes paroles, trop d'inter-valle entre fa perfonne et les autres citoyens; en un mot, il fait trop le Prince, pour que vous puiffiez lui fuppofer le jugement fain, et raifonna-blement efpérer qu'il fente la jufteffe des obfervations, que je me fuis permifes fur fes vrais intérêts, et fur les dangers de fa pofition. Tel eft, Monfieur, l'empire de la vanité fur l'ame des Héros eux-mêmes, qu'il leur eft plus difficile de la dompter, que de gagner des batailles; et fi le Vainqueur de Maringo étoit affez fage, pour fe vaincre lui-même et facrifier fon amour-propre au bien général, ce feroit fans contredit la plus belle de fes victoires, et celle dont lui, les fiens, fes amis, et la France recueilleroient le plus de fruit. Mais n'efperez pas cet effort de fa part: il veut regner, à quel prix que ce foit, aux dépens de fa gloire, au détriment de fes neveux, au rifque même de fes jours. Des flatteurs, qui trafiquent de fa confiance, lui ont perfuadé que, déjà le *Periclès* de la France, il peut en devenir l'*Augufte*, et, dans cette idée, s'inquiétant peu du bonheur national et du fort avenir de fes proches, il brave l'opinion et tous les périls.

Je vous ai dit, Monfieur, dans ma Lettre précédente, que la France ne peut rentrer en fanté qu'à l'ombre d'une véritable Monarchie, et trouver le repos, que fous le bouclier d'une Monarchie héréditaire et légitime, puifque l'illégitimité du Monarque y entretiendroit néceffairement l'efprit de faction. Tous les gens fenfés font convaincus de cette vérité. La Nation elle-même en eft perfuadée, depuis qu'une trifte expérience lui a appris, ce que la réflexion lui eut enfeigné, à moins de frais, que le républicanifme ne convient pas à un grand Etat, moins encore à un Peuple vain, frivole, impétueux, corrompu par le luxe et les lumières. Cette perfuafion eft aujourd'hui fi bien établie, fi générale, que ceux qui font à la tête du Gouvernement, fentant l'impuiffance de réfifter longtems à la force de l'opinion, font, dit-on, refolus, fi non de relever le Trône, du moins de rétablir la Monarchie pure et fimple, fous le nom de *Régence*. Le premier Conful, féparé déjà, par le fait, des autres Citoyens, le fera, de droit, par la nouvelle Conftitution, qui le déclarera Roi. (*is eſt Rex qui regit,* comme dit *Grotius*) ſous le nom modeſte de *Régent.* Ainſi donc le Peuple français n'auroit formé tant de voeux, fait tant de ſacrifices, ſouffert tant de maux, prodigué tant de ſang, montré tour à tour, ſelon l'eſprit de ſes meneurs, tant de courage, tant de fureur, tant de patience, que pour ſe donner un Maître, et un Maître plus deſpote que ne le fut *Louis XIV!* . . . . Il faut, en vérité, que tous ces gens d'eſprit qui conſeillent *Buonaparte* ſoient autant d'inſenſés, pour ne pas prévoir, qu'ils ne feront que hâter ſa perte, et peut-être la leur, s'ils réuſſiſſent dans leur nouveau projet. Il n'eſt point de bonheur, ni de talent, ni d'habileté qui tiennent contre le caractère français. La Nation ne verra, dans ce changement de Conſtitution, qu'un nouvel hommage rendu à la Royauté, qu'un aveu aſſez formel de la néceſſité d'avoir un véritable Roi, un Roi digne d'elle, dont ſon orgueil ou ſa-vanité ne puiſſent être humiliés, en

un mot, un Roi légitime, un Roi felon
la juftice; car notre Nation, facile à
égarer, eft toujours jufte et généreufe,
quand le calme des paffions lui permet
de rentrer dans fon caractère. Oui, n'en
déplaife aux *Sieyes*, aux *Roederer*, à
tous les Pères de la Conftitution actuelle
et de celle qui va fuivre, tant qu'il
exiftera des *Bourbons*, même des *Mont-
morenci*, ce ne fera jamais que par
violence, que les Français feront
gouvernés par un Etranger, fut-il du
fang d'une des plus anciennes et des plus
illuftres Maifons Souveraines.

Si, malgré tous les appuis du fanatifme
religieux, et malgré tout l'or du Mexique
et du Pérou, les affaffins d'un Roi, tel
qu'*Henri III*, qui ne s'occupoit que de
fes plaifirs, n'ont pû donner à la Nation
françaife un Maître étranger, comment
les affaffins d'un Roi, tel que *Louis XVI*,
qui ne defiroit et ne cherchoit que le
foulagement de fon peuple, pourroient-
ils efpérer d'y réuffir? Sans parler des

avantages de la naiffance, *Buonaparte* peut-il être mis en parallèle avec le Duc de *Guife*, auffi grand Politique que grand Capitaine, doué de l'éloquence qui convient au peuple, poffédant jufqu'à la beauté extérieure qui attire et fubjugue les coeurs, foutenu par la plûpart des Grands du Royaume, dont la Maifon étoit établie en France, depuis un demi fiècle, et alliée à celle des *Valois* et des *Bourbons*, Prince, en un mot, auffi capable d'effrayer fes ennemis, que de gagner ceux qui ne l'étoient point? Oferoit-on feulement le comparer au Duc de *Mayenne*, l'amour des Parifiens, et à qui il n'a manqué que de l'activité et plus d'ambition, pour égaler fon frère?

Qu'on ne s'y méprenne point: ce fut moins à fon courage et à fon habileté, qu'à la juftice de la Nation qu'*Henri IV*, fut redevable de fa Couronne. Son armée, auffi foible que peu fûre, com- pofée de Catholiques fans affection, et

de Proteſtans ſans confiance, n'eut jamais
pû ſoumettre les Ligueurs, ſi la Nation,
fatiguée des troubles, n'eut enfin écouté
la voix de l'équité, en offrant à l'héritier
du Trône de le reconnoître pour ſon
Souverain, s'il embraſſoit la Religion
dominante; ce qu'il fit, comme vous
ſavez, par les conſeils de *Sully* même.

S'il eſt vrai que le paſſé ſoit le
miroir de l'avenir, on peut prédire,
ſans ſe piquer de prophétiſme, que les
Français qui, après tant d'agitations
funeſtes, ont beſoin d'un repos réparateur, qu'ils ne ſauroient aſſurément
trouver ſous un Roi uſurpateur et
étranger, ne tarderont pas de rétablir le
Trône, qu'ils ont briſé ſi imprudemment,
puiſque ceux même qui l'ont détruit
ſont forcés d'en raſſembler les débris,
pour arrêter le torrent de déſordres et
de calamités qui inondent la France.

J'ignore par quels moyens et de
quelle manière s'accomplira cette préviſion,

mais je fuis perfuadé que ce fera par la Nation elle - même, fans l'intervention des Puiflances, qui, d'ailleurs ont, jufqu'à ce moment, moins fervi que deffervi la caufe royale.

Ce que je fais de pofitif, c'eft que les Royaliftes auroient depuis longtems triomphé, et des intrigues de l'Etranger, et des efforts des Révolutionnaires, s'il fe fut rencontré parmi eux un homme de tête, qui eut fçu les réunir, et profiter des jaloufies, des rivalités, de la divifion des Gouvernans, pour faire valoir la feule chofe qui puifle fuppléer la force et l'attirer à foi, je veux dire, la juftice; la juftice, qui foumet tous les efprits, qui gagne tous les coeurs, qui fait un foldat de chaque honnête homme, et bientôt une armée de tous; la juftice, dont les Révolutionnaires n'ont pas encore difcontinué de fe montrer les ennemis, mais qui finira par les vaincre, peut-être même par les immoler, s'ils ne fe rangent d'eux-mêmes fous fes drapeaux tutélaires.

Ce qui a retardé et retarde encore le
triomphe de la bonne caufe, c'eft l'efprit
de modération qui caractérife fes défenfeurs. Telle eft la nature de l'homme,
et telle fa perverfité, que ceux qui
s'uniffent pour le mal et par paffion,
font plus forts, que ceux qui s'uniffent
pour le bien et par raifon. Un intérêt
commun, foutenu par la paffion, pouffe
violemment ceux qu'il anime vers leur
but commun, tandifque la raifon et la
juftice laiffent leurs adorateurs flôter au
milieu des tempéramens qu'ils cherchent,
et qu'ils ne trouvent pas toujours.
Voilà ce qui rend les affociations des
méchans fi puiffantes et fi dangereufes.

Cette obfervation n'excufe pourtant
pas les amis de la bonne caufe. Dans
les tems de fermentation générale et de
révolution, l'efprit de modération eft
ridicule, lorfqu'on n'eft pas invefti de la
force néceffaire, pour le faire valoir,
lorfque l'injuftice et le crime élèvent
leur tête avec audace contre le droit de

propriété et contre l'efprit focial; lorfqu'enfin on voit le jacobinifme s'organifer
jufques dans les Etats qui paffent pour
les plus libres de l'Europe, tels que
ceux de la Grande-Bretagne. La raifon,
l'ordre, l'intérêt public, font, en
politique, une même chofe fous des
noms différens, et cette chofe commande
la chaleur et l'énergie à ceux qui l'aiment
véritablement, quand il s'agit furtout de
la défendre contre les attaques multipliées
des Révolutionnaires. Si l'amour de
l'indépendance, fi l'impiété et l'athéifme
ont eû leurs fanatiques, pourquoi les
honnêtes gens craignent-ils de fe paffionner
pour l'amour de l'ordre et du bien
général; pour la religion et la Royauté,
qui en font les plus fermes foutiens?
N'eft-il donc donné qu'à la méchanceté
et au crime, d'avoir de l'énergie et de
vaftes conceptions?

Difons le, à la honte de la politique
des Cabinets et du génie militaire de
l'Europe, les agens et les défenfeurs de

la Révolution se sont montrés, eux seuls, à la hauteur des circonstances, et au-dessus des évènemens; eux seuls ont eû des plans bien combinés, ont mis de l'adresse et de la suite dans leurs entreprises, ont sçu se créer des ressources dans les revers, et faire concourir jusqu'à leurs propres victimes au succès de leurs perfides desseins. Ce Vieillard, qui ne l'est que par le dos, le Toms, qui se traîne dans l'*Autriche*, qui marche dans la *Prusse*, qui court pour les *Anglais*, vole pour les *Français*.

Un reproche non moins fondé qu'on peut faire à ceux des amis de la bonne cause, qui pouvoient la servir de leur fortune ou de leur crédit, c'est d'avoir négligé ceux qui pouvoient la servir de leurs talens.

L'homme est le premier instrument de l'homme, et le talent de l'employer est la science la plus nécessaire à ceux qui gouvernent. Les meilleures têtes, dans les tems orageux, font ce qu'on appelle de mauvaiſes têtes, dans les tems calmes, parceque les têtes chaudes font les ſeules capables d'énergie et de vertu. On ne fait rien de grand ſans enthouſiaſme. L'art de tirer parti des hommes eſt donc l'art de les paſſionner.

Et véritablement, Monſieur, c'eſt par le fanatiſme, et quelquefois par la fureur qu'ils ont ſçu inſpirer à leurs ſoldats, mal payés, mal vêtus, et ſi ſouvent trompés, que les Français ſont parvenus à ſurmonter ce qu'on croyoit inſurmontable, à vaincre ce qu'on regardoit comme invincible, à changer ce qui paroiſſoit immuable, enfin à triompher à la fois de la puiſſance des hommes et de celle des élémens.

Le parti des honnêtes gens, les amis de l'ordre, au lieu d'accueillir les eſprits chaleureux, de s'attacher les écrivains courageux qui ſe ſont déclarés pour la bonne cauſe, les ont abandonnés à leur

peu

peu de moyens, et laiſſés en proie aux
perſécutions du jacobiniſme. Il n'y a
guère qu'en Angleterre, où les Gens de
Lettres royaliſtes aient trouvé des ſecours
et de la protection. Partout ailleurs,
ils n'ont éprouvé que de l'indifférence
et le plus ſouvent des rebuts, de la
part même des perſonnes les plus
intéreſſées au rétabliſſement de l'ordre.
Tel eſt aujourd'hui l'eſprit des Cours
d'Allemagne, que, ſi l'on excepte celles
de l'illuſtre Maiſon de *Saxe*, elles
regardent comme déplacée toute depenſe
étrangère à leurs plaiſirs, ou conſacrée
au bien général. Croiriez-vous qu'un
Auteur, diſtingué parmi les défenſeurs
des principes monarchiques et religieux,
n'a pû ſe procurer, auprès des Princes
eccléſiaſtiques les plus riches, les moyens
de faire imprimer un ouvrage, jugé
comme le plus capable de remonter les
eſprits au ton de la ſoumiſſion, et de
ramener les coeurs à l'amour des anciennes
maximes? - Si le Clergé et la Nobleſſe
germaniques euſſent ſacrifié à la défenſe

de la bonne caufe la dixième partie des richeffes, que la Révolution leur a arrachées, l'intégrité de l'Empire auroit été confervée, et le fang humain, épargné. Si la Nobleffe et le Clergé de France avoient fait à l'Affemblée des Notables une partie des foumiffions qu'ils ont faite à l'Affemblée nationale, on n'auroit pas eû befoin de convoquer les Etats-généraux, et les prêtres et les nobles français jouïroient encore de la majeure partie de leurs revenus. Si le Clergé et la Nobleffe de Rome avoient employé à lever une armée une portion de leurs revenus et du tréfor pontifical, inutilement épuifé, pour acheter la paix, Rome n'eut point été prife et pillée, le Pape martyrifé, et fon fucceffeur ne feroit pas à la veille de fe voir dépouillé de fes Etats, pour dedommager les Princes héréditaires de leurs pertes. Les fauffes lumières de la philofophie ont neutralifé toutes les ames et aveuglé tous les efprits. Si la Royauté pouvoit être anéantie; fi la Religion pouvoit, avec

elle, defcendre au tombeau, c'eft, en
vérité, par ceux qui font le plus
intéreffés à les défendre, qu'elles y
feroient précipitées. L'ignorance, l'égoïfme,
et la cruauté, leur fille ainée, voilà ce
qui caractérife notre fiècle, fi fauffement
intitulé le fiècle des lumières et de la
raifon. Jamais les Grands ne furent fi
petits que de nos jours. Méprifés,
malgré leur élevation et leur opulence,
de ceux-mêmes qu'ils méprifent, on eft
forcé d'avouer, que la plûpart d'entre eux
femblent avoir pris à tâche de juftifier
la Providence d'avoir ceffé d'être dans
leurs intérêts.

Vous comprennez, Monfieur, que fi
la flatterie et la baffeffe, qui rôdent
autour des Princes, comme les corbeaux
autour d'une proie, m'entendoient parler
de la forte, elles ne manqueroient pas
de leur dénoncer ce langage, comme
irréverentieux. Je puis vous affurer que
ce n'eft que celui d'une ame zélée,
moins jaloufe de plaire que de fervir,

et qui s'exprimeroit avec bien plus de hardieſſe, ſi elle parloit à ceux qui ont de l'influence ſur la fortune publique.

Les Princes ont, en général, de bonnes intentions; ils veulent le bien; s'ils font ou laiſſent faire le mal, c'eſt parcequ'on le leur préſente ſous les couleurs du bien. Ils n'ont beſoin que d'être éclairés; mais ils ne ſauroient l'être, que par ceux qui ont fait une étude approfondie de la nature de l'homme, et c'eſt exclure de cette importante fonction ceux que le vulgaire appelle des *hommes d'Etat*, gens à intrigue et non à politique, capables de négociations et non de légiſlation, et par conſéquent étrangers à l'art de régir les Nations et les Peuples.

Pour faire ſentir la vérité de cette aſſertion à un obſervateur tel que vous, Monſieur, je n'aurois beſoin que de fixer ſa penſée ſur tout ce qui s'eſt paſſé, depuis trente ans, en Europe, (la Ruſſie et le Dannemark exceptés) en fait de politique et de gouvernement : mais, comme vous êtes dans l'usage de communiquer mes lettres à vos amis, parmi lesquels se trouvent des Ministres d'Etat, je crois devoir me permettre ici quelques observations, qui rendront cette vérité claire et palpable.

J'observerai d'abord que les premiers dépositaires de l'autorité et de la confiance des Rois, nés ordinairement dans l'opulence et la grandeur, ont eu moins de tems, que les autres hommes, pour s'instruire ; et que, lorsqu'ils sont parvenus au timon des affaires, occupés à représenter, et à agir, ils ont moins de moyens pour observer et méditer. Ils n'ont pas même le loisir, quand ils en auroient le goût, de profiter des observations et des méditations de ceux que l'étude et les circonstances ont mis à portée de connoître la nature de l'esprit humain et de l'esprit social, connoissance sans laquelle pourtant il est impossible de faire de bonnes loix.

Or, peut-on dire, que les miniſtres des Puiſſances connoiſſent la nature de l'homme, la marche et les effets des paſſions, le beſoin des préjugés, lorſqu'on les a vus favoriſer les progrès de l'eſprit philoſophique, déſtructeur de l'eſprit ſocial ; accueillir, honorer, protéger ſes principaux Apôtres ; et négliger, dédaigner les Ecrivains prévoyans et zélés, qui s'efforçoient d'éclairer les gouvernemens et les peuples ſur les dangers de ce poiſon moral ? Peut-on dire, que les hommes d'E⬤ connoiſſent ſeulement la nature de l'opinion, ſa puiſſance, le beſoin de l'avoir pour alliée, le danger de l'avoir pour ennemie, lorſqu'inveſtis de tous les moyens de la diriger, de la maintenir dans les intérêts de la Religion et de la Royauté, ils l'ont laiſſé s'altérer, ſe corrompre, et ſe déclarer ouvertement contre les maximes religieuſes et monarchiques ? Peut-on même dire, qu'ils connoiſſent leurs intérêts, lorſque, malgré tout le mal que l'opinion leur a déjà fait, depuis

que, par leur imprévoyance, le sceptre
de cette Reine du monde est passé dans
les mains des Gens de Lettres; lorsque,
dis-je, les Gouvernemens ne prennent
aucune mesure, pour remettre dans les
mains des Monarques, ce sceptre, sans
lequel les autres sceptres sont sans force
et faciles à briser. Car, ne vous y
méprennez point, Monsieur, les Puissances
ont fait la guerre aux Révolutionnaires,
non à la Révolution, qui ne cesse de
faire des progrès, dans tous les pays,
où elle n'a pas encore porté ses ravages.
Dans ceux - mêmes qu'elle a le plus
maltraités, elle n'est qu'assoupie, et son
esprit vit encore. Le peuple, il est vrai,
s'est détaché d'elle; mais le peuple, vous
le savez, n'est qu'un instrument, un
animal docile, dangereux et quelquefois
féroce, mais sans force, quand il n'agit
pas de lui-même; il se laisse docilement
museler, mener et maltraiter, par ceux
qui s'en rendent les maîtres, comme ne
le prouve que trop la conduite des
Peuples qui ont été, ou qui sont encore,

ſous la domination de la République
françaiſe.

Ce n'eſt point par des loix, par des
ordonnances, ni même à coups de ſabre
ou de bayonettes, qu'on peut combattre
avec ſuccès l'opinion; c'eſt avec ſes
propres armes; c'eſt par les livres, les
gazettes, les journaux, qui ſont ſon
artillerie; par les Gens de Lettres, qui
ſont ſes ſoldats et ſes héraults. Le cours
des évènemens ſuit toujours le cours
des idées. Si, comme il n'eſt pas permis
d'en douter, les idées regnantes ſont
défavorables à la nobleſſe, à la religion,
aux Princes eccléſiaſtiques, au bon ordre,
il eſt indiſpenſable de les changer. Il
n'y a pas plus de neutralité à eſpérer
avec elles, qu'avec les maladies conta-
gieuſes. C'eſt ce que les Gouvernemens
ont patû et paroiſſent encore ignorer;
c'eſt ce que je n'ai pû faire comprendre
aux Princes électifs, menacés pourtant
de devenir la proie des Princes héréditaires,
en attendant que ceux-ci ſoient à leur

tour dépoſſédés, par leurs propres ſujets.

Pour prouver que, depuis *Louis XIV* et même avant, il ne s'eſt pas rencontré, parmi les hommes d'Etat, un ſeul homme qui ait connû l'homme et la puiſſance de l'opinion, il ſuffit de rappeller les loix contre le duel, loix manifeſtement abſurdes, puiſqu'elles ſont en contradiction avec l'honneur, c'eſt-à-dire, avec l'opinion, Souveraine tyrannique, à qui tout le monde obéit, et qui maîtriſe juſqu'à l'honnête-homme religieux, au point de lui faire riſquer le bonheur de la vie préſente et future.

Tant que l'honneur, qu'on préfère à tout, lorſqu'on en a, fera un devoir du duel, le duel exiſtera, et les loix qui le défendront ne ſerviront qu'à prouver l'ignorance de ceux qui les auront faites. Défendre les choſes qu'on ne doit pas faire, eſt un expédient inepte et vain, ſi l'on ne commence par

les faire haïr et méprifer. Le feul
moyen d'éteindre le duel eft d'y attacher
le déshonneur; et ce moyen eft fi facile,
fi fimple, qu'il eft vraiment étonnant,
qu'il n'ait pas encore été apperçu par
aucun légiflateur. Mais les rapports les
plus intéreffans et les plus fimples, font
ceux ordinairement qu'on faifit les
derniers; encore font-ils le plus fouvent
l'effet du hazard. Quoique les efprits
obfervateurs aient plus de ces hazards,
que les autres hommes, j'attribue moins
à mes méditations qu'à mon bonheur,
la connoiffance que j'ai acquife de
plufieurs idées morales, importantes à
l'art du gouvernement, jufqu'à préfent
inapperçues par les hommes d'Etat et
par les moraliftes. Par exemple, puifque
nous en fommes fur l'opinion, je connois
le moyen par lequel un Souverain peut,
avec moins d'un million de florins,
maîtrifer à fon gré, dans toute l'Europe,
cette Souveraine du monde civilifé, et
la diriger, en faveur de la Royauté, et
même de la Religion, de manière qu'il

feroit tout auffi ridicule de n'être pas
royalifte et religieux, du moins exté-
rieurement, que de s'habiller à la
chinoife *). Mais, Monfieur, à quoi
fert d'avoir des idées, d'être heureux en
obfervations politiques, lorfqu'on ne l'eft
pas, dans la rencontre des perfonnes en
état de les faire valoir ? Les Miniftres,
à qui jufqu'à préfent j'ai offert de les
communiquer, n'ont feulement pas daigné
me répondre. S'il fe fut agi d'un fecret
relatif aux plaifirs de la galanterie, on
fe feroit empreffé de m'entendre ; mais
les idées, les découvertes qui ont pour
objet le bien général, intéreffent peu les
individus, moins encore ceux qui,
jouiffant de la confiance des Princes, et
entourés, comme eux, d'adulateurs,
regardent comme déraifonnable toute

---

*) Ce moyen, qui a befoin d'un dévelop-
pement, ne paroîtra pas impoffible à
ceux qui favent, qu'il n'a fallu qu'un
Roman, pour éteindre l'esprit de
chevalerie, en Espagne.

idée qui ne s'affocie pas avec leurs
préjugés, ou qui dépaffe la fphère de
leurs conceptions. Si ces Directeurs des
Nations, l'illuftre *Pitt*, entre autres,
daignoient pourtant réfléchir, que le plus
éclairé et le plus heureux des hommes,
n'a pas toutes les lumières, ni tous les
genres de bonheur, peut - être fe
montreroient - ils moins inacceffibles aux
idées d'autrui, et ne regarderoient - ils
pas comme impoffible, qu'un Homme,
que la médiocrité de fa fortune a mis
dans la néceffité de s'inftruire, ait apperçu,
dans la morale et la politique, des
rapports intéreffans, échappés aux hommes
de génie qui l'ont dévancé, fans qu'il
foit, ni qu'il fe croie pour cela auffi
grand qu'eux. Un nain, doué d'une vue
perçante, et monté fur la tête des *Tacite*,
des *Machiavel*, des *Bacon*, des *Hobbes*,
des *Montaigne*, des *Pascal*, des *Leibnitz*,
des *la Rochefoncault*, des *Montesquieu*,
des *Rousseau* de Génève, peut voir plus
loin que ces géans, fans ceffer d'être un
nain, et c'eft là ma pofition.

Je le dis hardiment, Monſieur, en attendant que je le prouve au public, dans un ouvrage dont je ſuis occupé, aucun de ces Grands hommes n'a vraiment connû la nature de l'Homme; et ſans cette connoiſſance, le moyen de le bien gouverner? Auſſi l'édifice ſocial poſe-t-il, en grande partie, ſur des erreurs: et c'eſt à quoi l'on doit attribuer les ébranlemens, les crévaſſes, les trouées qu'il éprouve, aux moindres ſecouſſes de la méchanceté et de l'impéritie; et les déſordres, les calamités, les maladies de toute eſpèce, qui affligent ſes habitans.

Ce n'eſt pas ici le lieu de prouver cette nouvelle aſſertion; cependant, pour ne pas paroître tout-à-fait inſenſé, aux yeux de vos politiques, je vais l'accompagner de quelques obſervations, qui pourront lui ôter ſon air paradoxal.

Pour amener, même le commun des eſprits, à ſentir que tout ce que les

Moralistes ont dit jusqu'à présent de la *nature* de l'Homme, est contraire à la vérité, il suffit de leur faire observer, que l'espèce humaine n'est qu'un anneau de la chaine des êtres sensibles et intelligens, qui rampent sur le globe terrestre, lequel n'est lui-même qu'un point très-petit, dans l'immensité de mondes qui composent l'univers; que ces êtres, doués plus ou moins de sentiment et d'esprit, selon les espèces, ont des besoins, et même des passions, qu'ils ne peuvent satisfaire, qu'en se combattant, se tourmentant, se dévorant les uns les autres; qu'espèces et individus, tous sont les enfans de la nécessité, c'est-à-dire, de ces loix éternelles que l'ignorance de leur cause a fait nommer Hazard ou Fatalité par les uns, Providence ou Dieu par les autres, et Nature par le plus grand nombre; qu'enfin les êtres, destinés à la vie, sont tigres ou moutons, colombes ou vautours, singes ou hommes, selon qu'ils se trouvent placés par la Fatalité, la Nature ou la

Providence, dans la chaîne des caufes et des effets, dont le principe eft au-deffus de la pénétration humaine.

Or, qu'eft-ce que la *nature* d'un être, fi non ce qui compofe fon effence, ce qui conftitue fes facultés, ce qui le diftingue, en un mot, d'un autre être? Né fans idées, fans avoir même d'autre notion de fon exiftence, que le befoin qu'il éprouve pour la conferver, l'homme n'apporte, en venant au monde, qu'un feul fentiment, l'amour de foi ou des chofes pour foi. Ce fentiment eft fi impérieux en lui, que, s'il avoit des dents, il mordroit et dévoreroit la mamelle qui le nourrit. Il eft même des enfans affez robuftes, pour meurtrir le fein qui les allaite, et que, par cette raifon, l'on fèvre avant les autres. Ce fentiment ou inftinct, qui date du moment de l'exiftence de l'homme, qui ne le quitte qu'à fa mort, qui lui eft commun avec tous les êtres fenfibles, conduit à la recherche du plaifir ou de l'utilité, et éloigne de la douleur où de ce qui est nuifible. Si l'on donnoit du lait amer à un enfant (comme je l'ai déjà obfervé dans un autre de mes Ecrits), il s'éloigneroit de la mamelle avec autant d'empreffement, qu'il s'en approche, lorfqu'il eft attiré par la liqueur douce et balfamique qui fatisfait fon appétit. La *nature* de l'homme eft donc, comme celle de tous les autres animaux, de s'aimer de préférence à tout, de fatisfaire fes befoins aux dépens des autres animaux, de ceux même de fon efpèce, comme font certains fauvages qui fe nourriffent de chair humaine.

Et fi telle eft la *nature* humaine, cette obfervation ne fuffit-elle pas, pour dévoiler l'abfurdité de ces Philofophes, qui ne ceffent de vanter la *Nature*, qui veulent rappeller à la *Nature* l'homme focial, l'homme civilifé, l'homme religieux; qui qualifient de loi *naturelle*, de religion *naturelle*, de droit *naturel*, ce qui eft le plus oppofé à la *Nature*; foit qu'on

entende par ce mot, le fyftême des loix
établies par le Créateur, pour l'exiftence,
la durée et la fucceffion des êtres, qui
compofent l'univers; foit qu'on prenne
ce mot, dans un fens plus borné, pour
défigner l'effence des êtres, ou l'affem-
blage des propriétés qui les diftinguent
les uns des autres? La *nature* de
l'homme eft de s'aimer par deffus tout,
de fe préférer à tout, de fe fatisfaire
aux dépens de tout, de s'approprier tout
ce qui le tente et qu'il peut atteindre,
de fe délivrer de tout ce qui contrarie
ou gêne fes appétits; et rien de tout
cela n'eft affurément conforme à la
morale, à la politique, au droit, à la
religion. Les Philofophes et les Littérateurs confondent la *nature* avec la
raifon, le devoir avec l'inftinct, ce qui
doit être avec ce qui eft.

Le feul fentiment *naturel* qui s'accorde
avec l'efprit focial, avec l'efprit de
civilifation, avec la morale des peuples
policés, fentiment commun à l'homme

et à tous les animaux, parcequ'il est nécessaire à la conservation des espèces, est l'amour des pères et des mères pour leurs enfans, tant que ceux-ci ne sont pas assez forts, pour pourvoir eux-mêmes à leurs besoins; car cet amour cesse, chez les hommes primitifs, même chez les sauvages vivant en société, lorsque les enfans peuvent se passer de leurs parens. Dans tout le reste, les sentimens de la *Nature* sont anti-civils, comme tous les sentimens de l'homme civilisé sont anti-naturels. Je dis de l'homme *civilisé*, et non de l'homme *social*, deux choses, que les modernes Philosophes confondent sans raison. L'homme est évidemment un être social, fait, pour vivre avec ses semblables, comme l'abeille, la fourmi, le castor et d'autres animaux; mais il n'est pas *naturellement* un être civil: il ne le devient que par l'éducation.

Rousseau de Génève, dont les idées politiques ont tant influé sur la Révo-

lution, eſt, de tous les Auteurs connus,
celui qui s'eſt le plus mépris ſur la
nature de l'homme. Cet Ecrivain ſoutient
que l'homme naît bon, et qu'il ne devient
méchant que par l'éducation et par les
inſtitutions ſociales. Quelle erreur! La
vérité eſt, que l'homme, le mouton,
le tigre ne ſont ni bons, ni méchans,
dans l'ordre *naturel*. Il n'y a dans la
Nature ni bien, ni mal. Tout eſt
néceſſairement ce qu'il eſt, et ce qu'il
doit être. Chaque eſpèce d'animaux eſt
faite, pour ſervir de nourriture à d'autres
eſpèces. L'homme, cet être ſi vain,
qui oſe dire, que tout a été fait pour
lui, qui parle ſans ceſſe de ſa dignité,
ſert auſſi de pâture, même de ſon vivant,
à une infinité d'inſectes, pour leſquels,
ne lui en déplaiſe, il ſemble plus fait,
qu'eux pour lui, puiſqu'ils vivent à ſes
dépens, et qu'il ne vit point aux leurs.
Le bien et le mal ſont des termes relatifs,
qui ne regardent que les individus. Le
mal, pour les êtres ſenſibles, eſt la
douleur; le bien eſt le plaiſir. Pour

l'homme purement *naturel*, il n'y a pas d'autre bien, ni d'autre mal. Mais les fauvages attroupés, liés d'intérêts, plus encore les hommes civilifés, dont les rapports font plus nombreux, attachent, comme de raifon, d'autres idées au bien et au mal, telles que celles de beauté et de laideur, d'ordre et de défordre, de jufte et d'injufte, de vice et de vertu.

Les Auteurs Français qui ont le moins méconnu l'homme *naturel*, font *Montaigne* et *la Rochefoncault*, parcequ'ils ont fouillé plus avant que les autres, dans le coeur de l'homme focial. *Pascal* et *Nicole* ne l'ont vû qu'à travers le prifme de la religion. *Montesquieu* ne l'a confidéré que dans l'état de civilifation, de fes loix pofitives, prefque partout vicieufes. L'abbé de *Mably* et fon frère l'abbé de *Condillac*, paroiffent avoir mieux approfondi fon effence primitive; l'un dans fes *Principes de Législation*, ouvrage trop peu lû des hommes d'Etat; l'autre dans fon *Traité des Senfations*; mais aucun ne l'a vû tel qu'il eft dans fa *nature* originelle, puifque tous, même M. de *St. Lambert*, quoique témoin de la Révolution, appellent *naturels*, les fentimens et les ufages les plus oppofés à la *Nature*.

D'après ces obfervations, Monfieur, vos amis, je penfe, ne feront pas difficulté de convenir que, relativement à la civilifation, à la morale fociale, au bonheur général, la *Nature* eft une mauvaife chofe, et que, par conféquent, l'art de civilifer les hommes, de les gouverner, de les plier à l'ordre des fociétés politiques, eft précifément l'art de les *dénaturer* ou détacher de la *Nature*, de les élever au-deffus d'elle, de les régénerer par le baptême prolongé de l'éducation, d'effacer autant que poffible leur inftinct, pour lui fubftituer la raifon, qui, pour l'homme d'Etat, eft la fcience de la politique ou des convenances, et, pour tous les membres de la fociété,

l'amour de l'ordre et du bonheur public.
La *Nature* eſt tellement oppoſée à l'eſprit
moral, qu'il n'eſt point de vertu ſociale,
qui ne ſoit un écart de la *Nature*, un
effort, un ſacrifice; et le mérite, la
grandeur, la ſublimité de la vertu, ſont
toujours en proportion de l'éloignement
de la *Nature*. On a dit, que la femme
la plus parfaite, eſt celle qui eſt la
moins femme: on peut dire de même,
que l'homme le plus eſtimable, eſt celui
qui eſt le moins homme dans l'ordre
civil.

On ſurmonte, on change, on bonifie
ou civiliſe les inclinations *naturelles*,
par des habitudes morales, qui, con-
tractées dans l'enfance, avant le déve-
loppement de l'eſprit, lequel n'eſt que le
réſultat de l'expérience, forment ce que
nous appellons la raiſon, la conſcience,
l'amour de la juſtice, et deviennent une
ſeconde *Nature*, qui, comme *Pascal* l'a
obſervé, eſt, dans la plûpart des hommes,
plus forte que la première, avec laquelle

ils la confondent. C'est, pour le dire
en passant, ce qui explique l'incohérence
et les contradictions qu'on remarque
dans les idées de *Rousseau* sur la *nature*
humaine. Cet auteur, qui n'a jamais dit
ce qu'il entend par *nature*, emploie ce
mot tantôt pour signaler la *nature*
primitive ou la *nature* proprement dite,
et tantôt, pour désigner la *nature* sociale
ou de convention. Il n'est peut-être
pas non plus inutile d'observer, que c'est
uniquement cette seconde Nature que les
Poétes, les Orateurs et les Artistes
doivent avoir toujours pour objet dans
leurs compositions; elle seule doit être
pour eux la mesure des convenances.
Euripide a péché contre cette règle, dans
cet endroit de sa tragédie d'*Hypolite*,
où *Phèdre*, avant de se tuer, écrit une lettre,
pour accuser le fils de *Thésee* d'un crime,
dont elle seule étoit coupable. S'il est
dans l'ordre de la *nature* sauvage de
poursuivre, après sa mort, celui qu'on
a vivement aimé ou haï, il est contre
l'ordre ou la convenance de la *nature*

fociale, que la mort, qui eft pour le commun des hommes le moment du répentir, foit le moment d'un nouveau crime. La *Phèdre* de *Racine* fe répent avant de mourir, d'avoir accufé l'innocence, et c'eft dans l'ordre des bienféances fociales.

Les Poétes, et même les Moraliftes, confondent fouvent la *nature* primitive avec les convenances, l'ordre, la moralité, la confcience, qui font cette feconde *Nature*, dont parle *Pascal*.

Pour corriger, rectifier, utilifer, ennoblir la *Nature* proprement dite, l'expérience a prouvé qu'on ne peut fe paffer de la religion, reffort puiffant et magique, qui donne de la force aux foibles, du courage aux timides, de la crainte aux méchans, un témoin aux folitaires; qui met fous les regards d'un juge les actions et les penfées les plus fecrettes, et qui confole des maux de la vie, par l'efpoir d'un bonheur parfait après

après la mort; et c'est ce qui a fait
dire à l'impiété même, que, *si Dieu
n'existoit pas, il faudroit l'inventer.*

Qu'ils étoient donc bien peu sociaux,
bien peu obfervateurs, bien peu Philofophes, les Philofophes qui ont employé
leurs talens à décrier la *Religion*, c'est-
à-dire, ce que nous avons de plus fort,
pour *lier* les hommes entre eux, et à fe
déchainer contre les Prêtres, c'eft-à-dire,
contre les *Relieurs* de l'humanité, gens
auffi néceffaires à la vie civile ou morale,
que les laboureurs et les boulangers à la
vie animale ou phyfique. Et que penfer,
Monfieur, des lumières d'un fiècle, où
l'on a vû ces prétendus Sages lus,
accueillis, recherchés, admirés, dans
toute l'Europe, par ceux, dont ils
méditoient manifeftement la ruïne? Où
l'on a vû les Jéfuites, vrais grenadiers
de la milice catholique, licenciés et
dépouillés, par les Princes mêmes de la
Catholicité? Ce qui eft plus étonnant,
c'eft que ces Princes n'en avoient pas

plus le droit, qu'ils n'ont celui de
rompre les mariages, et de confisquer
les biens des membres d'une Corporation
quelconque; ne fut-ce que celle des
Cordonniers, quand même quelques uns
d'entre eux auroient commis les plus
grands crimes? Car aucun Monarque ne
peut, fans démence et fans tyrannie,
donner à une loi un effet retroactif.
Que penfer des lumières politiques et
de la fageffe du fiècle, lorfqu'aucun
homme d'Etat n'a connû ou n'a ofé
empêcher cette double violation du droit
et du bon fens? Lorfque, parmi les
apologiftes et les défenfeurs des Jéfuites,
il ne s'eft trouvé perfonne, qui ait fait
fentir aux Rois, qu'ils ébranloient les
fondemens de leur puiffance, qu'ils
compromettoient, non feulement leur
droit de propriété, en violant fi manifeftement celui de leurs fujets; mais
qu'ils expofoient leur propre fûreté,
leur propre perfonne, en brifant des
engagemens contractés felon les loix
de l'Etat? Car dès qu'un Souverain

rompt le pacte focial, fans le confen-
tement de la partie lezée, celle-ci rentre
auffitôt dans le droit de nature, qui,
comme tout le monde fait, n'eft que
celui de la force, ou de l'adreffe, pour
fuppléer à la force, ou du défefpoir,
quand on n'eft ni affez fort, ni affez
adroit, pour fe venger. A quoi fert
de fe qualifier d'homme d'*Etat*, d'homme
de *Loi*, d'homme de *Lettres*, fi l'on n'a
pas plus de pénétration que le vulgaire,
fi l'on ne fait voir les chofes de plus
loin, ni les voir avec plus de jufteffe,
et fous leurs véritables rapports avec
l'ordre et l'intérêt focial?

C'eft fans doute à cette même
ignorance des principes fociaux et
politiques, qu'on doit attribuer l'inepte
conduite du malheureux *Louis XVI*, à
l'égard des Repréfentans de la Nation,
lorfque, dès le 20. Juin 1789, ils
s'étoient ouvertement déclarés rébelles et
déloyaux, ennemis du Roi et des loix
de l'Etat; lorfque, dis-je, ils achevèrent

de rompre le contract qui exiftoit, depuis tant de fiècles, entre la Nation et le Monarque. Par cette violation de leurs fermens et du pacte focial, les Repréfentans de la Nation, remettant, à leur égard, le Monarque dans l'état de nature, lui donnoient évidemment le droit de les exterminer, fans forme de juftiçe ni de procès. Je dis plus, le droit civil, le droit politique, la juftice, la raifon, en un mot, l'intérêt général, en faifoient une obligation à *Louis XVI*, et une obligation d'autant plus urgente, qu'il avoit juré, à fon Couronnement, de refpecter et de maintenir, de toutes fes forces, les loix conftitutionnelles de l'Etat. L'honneur, le droit, la loi, le fang et la *nature* lui faifoient un devoir de défendre, par tous les moyens poffibles, l'ancien et riche héritage, qu'il avoit reçu de fes illuftres ayeux. C'eft fur ces feules confidérations, qu'on auroit dû établir fa défenfe, et ce font précifément celles, qu'on a négligées. O, la plus bizarre des fatalités ! *Louis XVI* a été

condamné à mort, pour n'avoir pas
respecté une Conſtitution qui le dépouilloit
injuſtement, ingratement et follement,
lui et ſes enfans, de l'héritage patrimonial;
une Conſtitution que ſes propres juges
avoient violée, et qu'ils violoient par
l'acte même du procès, puiſqu'elle avoit
déclaré la perſonne du Roi *inviolable*;
enfin une Conſtitution, que ces infames
perſonnages ont eux-mêmes, peu de
tems après, déclarée déteſtable et qu'ils
ont fini par anéantir!

Avouons, que *Louis XVI* ne connut
ni ſa force ni ſa foibleſſe; qu'il ne ſçut
ſe concilier ni la crainte ni l'amour;
et que, s'il eut répandu un peu de ſang,
on n'eut pas vû couler le ſien, ni celui
de pluſieurs millions d'hommes.

Si les Peuples s'égarent et ſont
malheureux, c'eſt parcequ'ils ſont mal
conduits, et que leurs Paſteurs ne ſont
pas ce qu'ils doivent être. Placés par la
Providence au-deſſus des êtres de leur

efpèce, ils devroient s'y mettre eux-
mêmes, par leurs lumières. La fageffe
des Rois fait la raifon des Peuples.
L'art de regner n'eft pas l'art de jouir,
mais de faire jouir les autres. *La
Monarchie*, comme l'a dit un Ancien,
*eft le travail d'un feul, pour le bonheur
de tous*. Ce travail a fes principes et
fes règles, comme tous les arts, mais
peu de gens les connoiffent.

C'eft ici le lieu de dire, que la
morale et la politique, ces élémens du
bonheur des fociétés policées, font encore
dans le chaos. Oui, Monfieur, de toutes
les fciences, du domaine du coeur et de
l'efprit humain, la morale et la politique
font les moins connuës, les plus chargées
d'erreurs, les plus expofées à des mal-
entendus, par les divers fens que chacun
donne aux termes, qui en fignalent les
principaux objets, et qui les défignent
elles-mêmes. L'homme règle le tems,
fait le cours des aftres, dompte les
élémens, dirige le tonnerre, et ne fait

pas fe diriger lui-même; il connoit les animaux, jufqu'aux infectes, les plantes même, et il ne fe connoit pas lui-même; il raifonne fur fes paffions, fes vices, fes travers, fes folies, il en fait la cenfure et l'hiftoire, et il ne fait pas vivre; il parle fans ceffe de *nature*, de *raifon*, de *juftice*, de *fouveraineté*, de *liberté*, d'*égalité*, et il n'a pas encore attaché des idées fixes à aucun de ces mots, fur lesquels il difpute tous les jours. Celui même de *Verité*, qui eft continuellement fur les lèvres ou au bout de la plume des Ecrivains philofophes, n'a point encore de fens déterminé, et celui qu'on y applique eft prefque toujours en contradiction avec fa véritable fignification.

Comme nul Philofophe, nul Théologien, ancien ou moderne, n'a pris la peine, que je fache, de nous dire, d'une manière jufte et claire, ce qu'eft la *Verité*, ce qu'on doit entendre par la *Verité*, je crois devoir le dire moi-même ici, afin de vous prouver que ce, dont on parle le plus, eſt ſouvent ce qu'on connoit le moins.

La *Vérité*, qui, dans le ſens vulgaire et pour les objets qui ſont du reſſort de nos ſens, déſigne la conformité de l'idée avec l'objet, ſignifie, dans le ſens moral, civil, politique, philoſophique, et même religieux, ce qui eſt conforme à l'ordre, à la raiſon, ou ce qui eſt oppoſé au vice, à l'erreur. Dans ce ſens, qui eſt le ſeul véritable, la *vérité* eſt une même choſe, mais conſidérée ſous des rapports différens, que la *loi*, l'*ordre*, la *raiſon*, la *juſtice*, la *moralité*, la *bonté*, l'*utilité générale*, l'*intérêt* ou le *bien public*. Tous ces termes ne ſont pas grammaticalement ſynonymes, mais ils le ſont parfaitement, dans le ſens moral. Ainſi, n'en déplaiſe aux Philoſophes, préſens et paſſés, la religion, les préjugés, les opinions les plus étranges, les paſſions les plus extraordinaires, le fanatiſme, le meurtre, l'homicide, ſont la *vérité* et la *vertu* même, lorfque ces chofes font commandées par la loi, le bon ordre ou le bien général. Delà vient, que *Platon* ne met point de différence entre la religion et la vérité, et qu'il dit formellement, que *toute impiété a l'erreur pour principe.* Le Légiflateur des chrétiens, qui, ne fut-il confidéré que fous des rapports humains, feroit encore un prodige de fageffe et de vertu, s'intituloit la *vérité*, parcequ'il enfeignoit à l'humanité la morale la plus propre à la rendre heureufe. Dans les arts même, le *vrai* n'eft autre chofe, que le convenable, ce qui eft conforme à l'ordre, aux règles, au plaifir public ou des amateurs.

Le vulgaire confond la *vérité*, avec la réalité, avec l'évidence, et la plûpart des gens lettres la confondent avec la fincérité.

C'eft proftituer le terme de *vérité*, que de l'appliquer aux objets du reffort des fens. La *verité* proprement dite eft un être abftrait, du reffort du jugement, de la confcience, de la raifon. La *verité* objective a des fpectateurs, des admirateurs, des cenfeurs, et des aveugles; la *verité* abftraite ou morale a des apôtres, des détracteurs, des martyrs, et des incrédules. On ne difpute point fur la première, parcequ'on la voit ou qu'on la fent; on fe paffionne, on s'exalte, on brave tout, même la mort, pour la feconde, parcequ'on la croit, parcequ'elle eft uniquement du reffort de l'opinion, de la confcience, des préjugés, qui font les paffions de l'efprit, comme les paffions font les préjugés du coeur.

La philofophie n'eft, à proprement parler, que la fcience ou la recherche de la *Verité*, de ce qui eft utile et convenable, de ce qui, dans la conduite, conftituë la fageffe, et, dans les arts, la beauté et le bon goût. Quand *Plutarque* dit, que l'homme ne fauroit recevoir, et que Dieu ne fauroit donner rien de plus grand, que la *Verité*, il entend par ce mot la raison ou la sageffe.

La *Verité* n'eft pas l'oppofition de la fauffeté, ni du défaut de fincérité : elle eft l'oppofition du menfonge, de l'erreur, c'eft-à-dire, de ce qui nuit à l'ordre, de ce qui eft contraire à la morale, au bien public. La *verité* eft toujours utile, et il n'en eft pas de même de la fincérité, de l'ingénuité, de la franchife, qui peuvent quelquefois être immorales, anti-fociales, et par conféquent blâmables et coupables. Dire crûment à un malade, qu'il n'en peut revenir, c'eft empirer fon mal, c'eft abréger le peu de jours qu'il lui refte, c'eft l'achever. Repondre fincèrement à celui, qui, pour l'affaffiner, nous demande, où eft notre ami, notre bienfaiteur, notre père, ce feroit fe rendre complice de l'affaffin. La *Verité* n'eft jamais en contradiction avec la juftice, la raifon, la confcience, la vertu.

Vous me direz, peut-être, qu'il n'est jamais permis de mentir : aussi ne ment-on pas dans ces circonstances. Mentir, selon les moralistes éclairés, c'est ou cacher une réalité utile, ou dire une fausseté nuisible; et quelque réalité qu'on cache ou quelque fausseté qu'on dise, on ne ment point, quand cette action est conforme à la raison, à la morale, à l'intérêt général; quand on ne doit pas la sincérité à ceux qui nous interrogent, quand ceux qui nous interrogent n'en ont pas le droit. Tout Magistrat, lorsqu'il exerce ses fonctions, a essentiellement ce droit, parcequ'il représente le Souverain, et qu'il est l'organe de l'intérêt ou du bien public; aussi doit-on toujours dire la *vérité* à la justice, même au détriment de tout ce qui nous est le plus cher.

Les Théologues qui prétendent, que parler autrement qu'on ne pense, c'est mentir, sont des ignorans qui compromettent la religion; car la religion ne fauroit être en contradiction avec la morale, avec l'intérêt focial. *Salomon*, le plus fage des hommes, mentoit-il, quand, pour découvrir la véritable mère, il ordonnoit, contre fa penfée, qu'on partageat en deux l'enfant contefté? On ne ment, comme l'a dit *St. Auguftin*, que lorfqu'on parle contre fa confcience, qui n'eft autre chofe, que le fentiment qu'on a de la juftice, de la moralité, du bien public.

L'ignorance des vrais principes de la morale et de la politique, eft une des principales caufes de la Révolution, et une de celles, qui en prolongent la durée, et retardent le rétabliffement de l'ordre.

Rien ne prouve mieux l'excès de cette ignorance, que l'établiffement du principe de la Souveraineté du peuple, que tout ce qu'on a écrit en faveur de l'égalité naturelle, et que l'oubli total de la Religion, dans les cinq ou fix Conftitutions, que les Français se sont données, depuis qu'ils ont réformé la bonne ou l'ancienne; car, sans la religion, comme l'a dit *Plutarque*, il est aussi difficile de fonder un Etat, que de bâtir dans les airs: et rien ne manifeste mieux l'universalité de cette ignorance crasse, que l'admiration qu'a excitée, dans l'Europe savante, l'absurde *Déclaration des droits de l'homme*, comme si l'homme social pouvoit avoir d'autres droits, que ceux, que les loix lui accordent.

Pauvre espèce humaine! Quel spectacle de pitié et de dérision tu offres à l'Observateur, au milieu des sottises qui te placent, d'une part, à côté des boeufs et des moutons, et, de l'autre, à côté des renards et des tigres!

Les Ministres de la religion, jadis les renards des sociétés civiles, n'en sont devenus les moutons, que parcequ'ils ont partagé, avec les Ministres des Cours, l'ignorance des rapports sociaux. Ils font plus blâmables que les autres caftes, puifque, par la nature même de leurs fonctions, qui leur donnent le privilège d'interroger les confciences et de fouiller dans le coeur et l'efprit des humains, mâles et femelles, ils étoient plus à même de connoître la nature humaine. Rome, longtems la Reine du monde politique et du monde chrétien, n'eft plus, depuis *Luther* et *Calvin*, que la Métropole de la Catholicité. Au lieu de précéder le fiècle, ou de marcher avec lui, les Prêtres font reftés derrière. *Boffuet* gagnoit, par des égards et par des récompenfes, les Ecrivains proteftans, qu'il ne pouvoit gagner par la perfuafion ou par la crainte: c'eft ainfi qu'il convertit l'Auteur du *Grondeur* et le fameux *Peliffon.* Les Ecrivains eccléfiaftiques de notre tems, qui ne font pas, à la vérité, des *Boffuet*, au lieu de recruter les gens d'efprit, ils leur ont imprudemment fait la guerre, et comme ils n'étoient pas les plus forts, ils ont fini par fuccomber, et, ce qu'ils auroient

pû prévoir, par être dépouillés. Au lieu
de dissimuler dans les écrits profanes des
Hommes supérieurs, ce qui pouvoit les
faire soupçonner d'incrédulité, ils s'atta-
choient à le prouver, et ne sentoient pas
que c'est nuire à une croyance, que de
faire appercevoir qu'elle a contre elle
les hommes, qui ont le plus d'esprit,
de talent et de génie.

Le Clergé de France étoit sans
contredit le plus édifiant et le plus
vertueux de l'Europe, malgré ses *Loménie*
et ses *Gobet*; mais s'il étoit riche en
vertus, il étoit pauvre en lumières
politiques, et ce qu'il lui reste de
Docteurs, est encore si peu éclairé, que
si cette Lettre devenoit publique, la
plûpart d'entre eux, la jugeant d'après
les idées scholastiques, et ne me tenant
aucun compte ni de mes vues, ni de ce
que j'ai dit en faveur de la religion,
y trouveroient des maximes hazardées
et sentant l'impiété. Déjà, pour n'avoir
pas partagé leur faux zèle, j'en ai plus

d'une fois éprouvé l'aigreur mordicante ; mais il eſt plus honorable d'être la victime, que le complice de leur impéritie.

Les Miniſtres des Cours ne ſe ſont pas compromis avec les gens d'eſprit, comme les Miniſtres des Temples ; mais, paroiſſant ignorer, que, dans une guerre d'opinion, les Ecrivains ne ſont pas moins utiles que les ſoldats, ils ſe ſont plus attachés à conquérir des fortereſſes, que des têtes fortes. Cette négligence n'eſt pardonnable qu'à la Ruſſie et à l'Angleterre, où les lumières et les talens ſe trouvent concentrés autour du Trône et dans le Gouvernement.

Vos amis ont trop de juſteſſe dans les idées et trop de juſtice dans les ſentimens, pour s'offenſer de cette obſervation. Pénétrant les motifs de ma franchiſe, ils m'en ſauront gré. Il y a une parenté d'eſprit. Ceux qui ont de la ſagacité, ſympathiſent avec ceux qui

ne manquent pas d'imagination. Cette
fympathie n'en demeure ordinairement
pas à l'eftime; elle paffe à la bienveillance;
et il n'y a qu'un pas de celle-ci à
l'attachement et même à la bienfaifance.
Je ne ferois donc nullement étonné, fi,
au lieu de me nuire, les obfervations,
que je me fuis permifes me reconcilioient
avec la fortune, avec cette divinité
capricieufe, qui, par les fuites d'une
perfécution jacobine, m'a précipité,
vivant, dans une efpèce de tombeau,
je veux dire, dans une ville fans
reffources, pour un homme de lettres,
moins encore pour un obfervateur,
heureux en idées et en conjectures
politiques. Il peut arriver, que, parmi
les gens de votre connoiffance, il fe
rencontre un Grand, qui le foit affez,
et qui ait affez d'efprit, pour ne pas
prendre pour lui, ce que j'ai dit de la
plûpart des Grands, et qui, éclairé ou
réjouï de quelques unes de mes idées,
vous demande, qui je fuis et où je fuis,
et veuille, par reconnoiffance ou par

fingularité, me fournir les moyens de
faire imprimer un Ouvrage, qui, faute
de ce métal, qui fupplée à tout, et que
rien ne fupplée, dort, depuis près de
quatre ans, dans mon porte-feuille, à
la honte et même au détriment des
Perfonnages, à qui j'en ai fait connoître
l'exiſtence *). Et véritablement, Monfieur,

---

*) On y prouve invinciblement, que J. J.
Rousseau, bien qu'on se soit servi de
ses Ecrits, pour renverser l'ancien ordre
des choses, est l'ennemi le plus déterminé des maximes qu'on a mises en
avant, pour anéantir la nobleſſe et
établir le républicanisme. Les Révolutionnaires n'ont pas vû ou voulu voir,
que le Contract social n'est qu'une
utopie, un roman po'itique, où l'homme
est confidéré, non tel qu'il est, et qu'il
sera toujours; mais tel qu'il devroit être,
et qu'il ne sera jamais, tant qu'il aura
des paſſions. Le Citoyen de Génève en
convient lui-même, dans ses Ecrits
postérieurs, et dans l'Ouvrage même
(Livre II. chap. 4.), en avouant, qu'il

pourquoi tel Seigneur de votre société, qui ne se refuse pas le plaisir d'exercer l'ingratitude d'une *Laïs*, se refuseroit-il le plaisir, plus durable, d'exercer la reconnoissance d'un Homme de lettres, qui, après avoir joui, les trois quarts de sa vie, des douceurs de l'aisance, se trouve, loin de sa patrie, aux prises avec l'adversité? Ce qui lui est le plus douloureux, c'est de ne pouvoir débiter aux Médecins politiques, le mercure et le sublimé corrosif, dont ils ont indispensablement besoin, pour rendre à cette Courtisanne corrompuë et sotte, qu'on appelle l'Europe, la santé et l'esprit qui lui manquent, pour assurer et varier les plaisirs de ses Possesseurs.

---

n'a jamais existé de véritable démocratie; qu'il n'en existera jamais; qu'un peuple d'Anges peut seul être gouverné démocratiquement; et qu'un tel gouvernement ne convient pas à des hommes.

Si je parlois au Public, je m'exprimerois fans doute moins énergiquement ou moins franchement, par crainte des fots, qui ne manqueroient pas de s'offenfer de mon langage *véridique*. On doit les ménager, furtout, quand on cherche à rentrer en grace auprès de la Fortune, leur Protectrice et leur unique Souveraine, qui pourtant commence à fe laffer de les favorifer. Mais, j'écris à un Homme qui aime la vérité, fans fard ni parure, et qui n'eft pas par conféquent de l'avis de cet Auteur, *tout* efprit, qui nous a dit, que :

> La vérité plait moins, quand elle est
> toute nue,
> Et c'est la seule vierge, en ce vaste
> univers,
> Qu'on aime à voir un peu vêtue :

ce qui n'eft vrai que de la fincérité, et non de la *vérité* morale et politique, de la *vérité* proprement dite, toujours bonne à voir fans voile, et à entendre, dans tous les cas poffibles; mais qu'il n'eft pas toujours fage de prêcher, quand elle a contre elle l'opinion publique. On a tort, ou, du moins, on paroit avoir tort, lorfqu'on a raifon, avant les autres, et qu'on dévance l'opinion générale de quelques années. Qu'il me foit permis de m'honorer ici d'avoir eù de ces torts là, dans plufieurs de mes Ecrits. Je me bornerai à vous en citer un feul exemple. Ouvrez mes *Trois Siècles*, et voyez dans le *Difcours préliminaire* de l'Edition de 1779, confervé dans celle de 1781, la prédiction, que je mets dans la bouche d'un Prophète, à l'occaffion des ravages de l'efprit philofophique; je n'en trans-crirai que la fin: „Et alors les mots „fignifieront chofe contraire à ce qu'ils „avoient fignifié auparavant; les actions „produiront un effet oppofé à celui „qu'elles doivent produire: quand on „prêchera la licence, on croira qu'il s'agit „de fubordination; quand on armera le „fort contre le foible, le frippon contre „l'honnête homme, le valet contre fon „maître, on criera vive la juftice!

„Quand on bouleverfera tout, qu'on
„encouragera tous les vices, qu'on fe
„permettra tous les crimes, qu'on brifera
„tous les liens de la fociété, chacun
„s'écriera, voilà le rétabliffement de
„l'ordre, tous les hommes vont être
„heureux!"

Convenez qu'il étoit difficile de mieux
peindre la Révolution, et que, fi les
Prophéties des *Isaies*, des *Ezéchiel*, des
Habacuc, étoient auffi claires, il n'y
auroit pas tant d'incrédules, ni même
de juifs, parmi nous.

J'ofe dire, Monfieur, je dois même
le dire, que, fi j'avois été connu d'un
véritable Homme d'Etat, en crédit,
j'aurois épargné bien de la honte à ma
Patrie, bien de l'or à l'Angleterre, bien
du fang à l'Allemagne, bien des méprifes
à l'Autriche, bien des afflictions à l'Eglife,
enfin, bien des fottifes à notre Siècle,
celui de tous, qui prêtera le plus à rire
aux Siècles qui le fuivront.

Je ne suis qu'un nain, je le répete; mais ce petit homme ou cet homme petit, né sous le soleil de Languedoc, joignant à des yeux de Lynx, la vivacité et les ongles de l'Ecureuil, monte facilement sur les pins et sur les cédres du Monde politique, et voit ce que les moutons, ni leurs conducteurs, ne sauroient appercevoir. Au surplus, je ne serois qu'une huitre, qu'une plante, qu'un caillou, qu'il ne seroit pas impossible, que ce caillou, bien placé, eut pû et puisse encore produire les plus heureux changemens en Europe. Le grain de fable, placé dans l'urètre de *Cromwel*, ne fut-il pas la principale cause du rappel des *Stuarts* sur le Trône? Ce grain de fable ne sauva-t-il pas la Catholicité de nouvelles calamités qui la menacoient? Mais le malheur a voulu, jusqu'à présent, que l'Auteur courageux des T. S. ait parlé, tantôt à des sourds, et tantôt à des aveugles. Bien qu'il ait passé trente ans de sa vie à développer, dans ses Ecrits, cette maxime de *Bacon*,

que

que *peu de philosophie détache des préjugés,
et beaucoup y ramène;* bien qu'il n'ait
cessé de crier aux *Turgot,* aux *Malesherbes,* et à d'autres Ministres d'Etat,
qu'en protégeant les Philosophes, ils
protégeoient les sappeurs du Trône, qui
tient à l'Autel par un mur mitoyen, il
a perdu son tems, et n'a persuadé
personne. Les Gens en place n'entendent
que le tocsin des évènemens. La
Politique a ses incrédules et ses ingrats.
Les esprits ministériels repoussent ceux
qui ne sont pas à leur unisson. Et
comme il n'y a point de miroirs pour
les ames, les *Narcisses* d'esprit sont
incurables, d'autant que le mal est dans
le remède. Aussi, malgré tout ce que
je viens de dire, je serois beaucoup
moins surpris, qu'affligé, de voir, que,
parmi les lecteurs de cette Lettre, il ne
s'en trouve pas un seul assez clairvoyant
ou assez zélé, pour me pousser auprès
d'un de ces Hommes, qui influent, par
leur place, sur la fortune publique, et
qui peuvent, d'un seul mot, améliorer

6

la mienne, fans nuire à l'autre ni à la
leur.

Je m'arrête: ma main eft fatiguée;
mais, comme mon zèle pour la bonne
caufe eft infatigable, je me referve de
vous dire encore, fi toutefois vous me
témoignez le défir de les entendre, des
chofes plus extraordinaires, fans être
moins vraies, fur le tems préfent et fur
le tems prochain.

Je fuis, etc.

Erfurt, 15. Mai
1801.

LETTRE IV.

aux

Français républicains.

Sapere aude: incipe.

Hor.

Français, Nation incomparable, tour à tour douce et féroce, polie et barbare, injuſte et généreuſe, idolatre et aſſaſſine de vos Maîtres, extrême dans le mal comme dans le bien, impatiente d'un joug léger et velouté, docile et gaie ſous un joug peſant et ſanguinaire, inconſtante et légère, mais toujours vaine, et jamais raiſonnable; c'eſt à vous que j'écris; c'eſt à vous que j'addreſſe les réflexions, que m'inſpirent vos malheurs et votre poſition actuelle.

6 *

Quoique je fois royalifte d'inclination et par principes, et que, dans vos fureurs, vous m'ayez dépouillé de mes biens, forcé de m'expatrier, je ne fuis point votre ennemi: au contraire, au milieu de ceux qui le font, je n'ai pas ceffé de faire des voeux pour votre profpérité. Quelque folle, injufte, cruelle, que devienne une Patrie tendrement aimée, elle eft toujours chère à des enfans, qui ont autant d'amour-propre que de fenfibilité. S'ils fouffrent de fes égaremens, ils efpèrent et s'efforcent de la ramener à la raifon; ils gémiffent de fon délire, mais ils ne fe réjouiffent pas de fes malheurs, moins encore défirent-ils fa ruine. O France! mère infenfée! veuve criminelle! tels ont été pour toi, fans variation, les fentimens du plus tendre, du plus fidèle, et, peut-être, du plus à plaindre de tes enfans.

Citoyens, c'eft par une fuite de mon attachement au pays, où j'ai reçû la naiffance et l'éducation, et paffé les plus

douces années de ma vie, que je me
détermine aujourd'hui à vous faire part
de mes observations, sur votre état
malheureux, et sur les vrais moyens de
le rendre digne d'envie. Moins opprimés
et plus calmes, depuis l'établissement
du Consulat ou du Règne de l'heureux
Buonaparte, c'est le moment de vous
faire entendre la voix de la raison, et
de vous dire la vérité. Mais daignerez-
vous l'écouter, Peuple frivole, qui
dansez avec vos fers, riez avec vos
bourreaux, et assassinez celui que vous
encensiez la veille? Je n'ignore pas
qu'un des plus sûrs moyens d'attirer
votre attention est de plaisanter sur vos
ridicules, vos travers, et de vous dire
agréablement des injures. Je n'aurai
pourtant pas recours à cet expédient.
Quand j'aurois, comme votre corrupteur
Voltaire, le goût et le talent de la
satyre, elle seroit ici hors de saison.
Depuis que, pour devenir libres, vous
avez mis l'Histoire dans l'impuissance
malheureuse de vous calomnier, vous

devez être blasés sur les railleries et les injures. Y-a-t-il de sel assez piquant, pour affecter des esprits insensibles à la honte, qui en sont venus jusqu'à mépriser le mépris et à s'honorer du crime?

Je n'emploirai donc, dans cette Epitre, que le style sérieux et simple du bon sens. Outre qu'il aura pour vous le charme de la nouveauté, je vous entretiendrai de vos intérêts les plus chers, et quand on parle aux hommes, et surtout à des Français, de ce qui les touche de près, on est sûr d'en être écouté.

Le moment est venu où quiconque veut être utile à l'humanité civilisée, plus malheureuse que la non civilisée, doit employer ce qu'il a d'expérience et de lumières à lui faire connoître ses travers, et s'efforcer de lui rendre sa destinée plus supportable. Je m'exprimerai sans aucun asservissement aux idées du siècle les plus accréditées, avec le courage et la franchise qui appartiennent au zèle et à la vérité; et bien que, par la rupture du pacte social, la Révolution m'ait mis à votre égard, dans le terrible droit de nature, qui permet tout, je serai modéré contre le gouvernement qui m'a injustement, atrocement privé de mes droits sociaux; et, quoique aux prises avec l'adversité, je tâcherai d'être plus en garde contre les aigreurs qu'elle donne, que je ne l'ai été dans le dernier de mes écrits. Mais je vous dirai la vérité, dussai-je être la victime de ceux qui ont intérêt à vous la cacher: *melius est*, comme dit *St. Augustin*, *pro veritate pati supplicium, quam pro adulatione recipere beneficium.*

Je vous ferai d'abord observer, mes chers Compatriotes, que si, pour opérer la Révolution, la Nation a été féconde en hommes d'esprit et de courage, elle s'est montrée pauvre en hommes de jugement et de génie, pour vous la rendre utile. Tous les efforts des Révolutionnaires fe font jufqu'à préfent bornés à démolir et à détruire, fans rien édifier, fans rien créer de bon ni de folide. Ils n'ont fait que changer le bien en mal, et le mal en pire. Ils ont fubftitué à des abus légers des excès abominables. S'érigeant en légiflateurs, fans avoir obfervé ni réfléchi, ils ont confondu l'homme naturel ou primitif, avec l'homme focial ou civilifé, forgé des loix, tantôt abfurdes, tantôt atroces, et entaffé Conftitution fur Conftitution, fans en trouver une, qui vous fut convenable. Ils n'ont pas vû que, de toutes les formes de gouvernement la plus impropre, la plus malheureufe pour un vafte Etat, la plus oppofée en particulier au Caracfère français, eft la républicaine. Enfin, ils ont pouffé l'extravagance et l'impéritie, jufqu'à publier une *Declaration des droits de l'homme*, ignorant que l'homme n'eft homme, que dans l'état de fauvage; que l'homme n'eft l'égal de l'homme, qu'avant fon entrée dans la fociété civile; que, fitôt que l'homme en fait partie, il eft citoyen ou fujet, d'un rang diftingué on obfcur, et que fes enfans naiffent tels *).

On a beau vanter les lumières produites par l'efprit philofophique, rien ne prouve mieux les ténèbres du fiècle fur les matières de légiflation, que l'applaudiffement et l'admiration de l'Europe, lorfque vos Etats-généraux, fous le nom d'*Affemblée nationale*, publièrent cette abfurde *Déclaration des droits de l'homme*, et qu'ils y compren-

---

*) „Une chose étonnante, dit M. le Cte de Windistch-Graetz, dans son traité de la Peine de mort, „c'est „qu'aucune Puissance n'ait songé à „demander la retractation de cette „Déclaration des droits, qui est „une déclaration de guerre permanente „à tout l'univers non-démocratiquement „gouverné.“

noient fi benignement les Juifs, comme
fi les Juifs, nos pères en religion,
n'auroient pas été des hommes fans cette
précaution; lorfque les membres de cette
Affemblée proclamoient le principe, auffi
dangereux qu'inepte, de la Souveraineté
du peuple, confondant ainfi la force
avec le droit, l'infirument avec l'ouvrier,
l'armée avec le général; lorfqu'ils
fupprimoient les diftinctions, les marques
d'honneur, et qu'ils aboliffoient la
nobleffe, qui n'eft que le fouvenir des
chofes notables; lorfque ces nouveaux
Docteurs obligeoient, par Décrets, la
Nation ou le Souverain, felon leurs idées,
à prêter ferment à la Nation, et à la
loi, qui eft un être métaphyfique et
abftrait; lorfqu'enfin ils mettoient folem-
nellement en doute l'exiftence de Dieu,
et hors de doute, l'inutilité de la religion,
dans un Etat vafte et corrompu.

Ce qui paroîtroit incompréhenfible, fi
l'on ne favoit à quel point les paffions
offufquent le jugement et la raifon, c'eft

que la plûpart de ces principes aient
encore des partifans, même parmi vos
Gens de Lettres, malgré les défordres
et les calamités de toute efpèce, qui en
ont été le fruit. La feule erreur, dont
ils foient véritablement guéris, quoiqu'ils
n'aient garde d'en convenir, c'eft celle,
qui, fous l'efpoir d'une liberté chimérique,
les a portés à vous foulever contre
l'ancien Gouvernement, et à opérer une
révolution, qui n'a abouti qu'à démontrer
leur faux favoir et leur perverfité, et
qu'à vous rendre le peuple le plus détefté
et le plus malheureux de l'Europe. Vos
fuccès militaires ont augmenté la haine,
que vous avez allumée, dans tous les
pays, où vous avez pénétré, fans diminuer
les maux qui vous affligent : au contraire,
vos conquêtes, les ont aggravés ; car
vous ne les devez qu'à l'exceffive facilité,
avec laquelle vos nouveaux Maîtres
prodiguent vos fueurs et votre fang.
Ils vous jettent dans les combats,
comme des grains de fable ; il leur
importe peu de plonger dans le deuil

mille familles, pour prendre une redoute, avec la certitude d'être obligés de la rendre quelque tems après; en un mot, ils ne traiteroient pas plus mal leurs ennemis.

Dans les monarchies, où l'autorité est le patrimoine d'une seule et même famille, le Prince est naturellement intéressé à ménager ses sujets et à améliorer le domaine de ses pères destiné à ses héritiers; mais dans les républiques, où des hommes nouveaux paroissent tous les jours sur la scène, les Gouvernans n'ayant l'autorité que pour un tems limité, et ne se regardant, que comme des fermiers de l'Etat, abusent du pouvoir, en raison du court exercice de leurs fonctions, et sont toujours prêts à sacrifier l'intérêt national à leurs vues particulières. Un des effets de l'esprit républicain est de durcir les ames, de bannir du coeur des citoyens les sentimens les plus doux, d'y étouffer la compassion et même la reconnoissance. L'amour de l'égalité,

qui n'est qu'une envie déguisée, arme
continuellement les ambitieux de défiance
les uns contre les autres, et les porte
à méconnoître les services les plus
signalés rendus à la République, et à ne
voir dans la mort d'un général, d'un
magistrat, d'un bienfaiteur, et quelquefois d'un ami, qu'un concurrent de
moins. Chacun redoute les hommes
qu'il est forcé d'estimer, et tremble qu'ils
n'abusent de l'ascendant de leur mérite,
de leurs talens ou de leur fortune, pour
s'emparer de l'autorité; et les injustices,
les ingratitudes qu'on se permet, pour
affoiblir leur crédit ou pour les perdre,
découragent la probité, la vertu, invitent
à la trahison, corrompent les moeurs,
et nuisent au bien public. Ajoutez que,
dans une république, il n'y a nulle
réciprocité d'affection entre les gouvernans
et les gouvernés, et que le bien de
l'Etat souffre de ce défaut d'attachement:
au lieu que, dans une monarchie, la
majesté du Prince a tant de force et de
puissance, comme le dit *Polybe*, qu'elle

laiffe toujours dans les ames l'aliment
de l'amour et de la foumiffion. La
multitude s'attache et obéit plus volontiers
à un Prince inamovible, facré, d'un
fang qui a coulé dans les veines de
plufieurs Souverains, qu'à des Régens
paffagers, nés dans la dépendance et dans
la fubordination. Le Français a befoin
d'aimer et d'être aimé.

Tant que vous refterez foumis au
régime républicain, n'efperez donc pas,
mes chers Compatriotes, d'être heureux,
ni tranquilles, ni en fûreté. Ce régime,
incompatible avec le repos national,
dans les grands Etats, et avec la liberté
individuelle, dans les Etats corrompus,
ne convient pas plus à votre caractère,
que le brouet des Spartiates à vos
eftomacs. La France eft moralement et
géographiquement monarchique. Située
fous le plus heureux climat, elle eft riche
par fon fol, opulente par l'activité et
l'induftrie de fes habitans ; et le luxe,
enfant de la richeffe, eft ennemi de

l'égalité, de la fimplicité, de toutes les vertus qui font vivre les gouvernemens réprefentatifs. Le luxe fait germer et développe dans le coeur des gens en place l'efprit de tyrannie, et dégrade infenfiblement le peuple qui les craint et les careffe. Il vous faut donc un Roi, pour contenir les familles riches et puiffantes, pour vous garantir des injuftices des hommes en place ou en crédit; un Roi héréditaire, pour éviter les cabales, les intrigues, les défordres, qui accompagnent le choix d'un Prince électif; un Roi légitime, pour écarter l'efprit de division, l'efprit de parti qu'entretiendroit dans l'Etat l'ufurpation de la couronne, tant qu'il exifteroit des héritiers de l'infortuné *Louis XVI.*

„A un Peuple enfant, difoit *Sophocle,* il faut un gouvernement paternel:" et quel Peuple, fans en excepter les Athéniens, s'eft jamais montré plus enfant et plus frivole que vous? A un Peuple vaniteux, il faut un Prince d'un fang illuftre, et

quels Princes ont plus d'illustration que
les *Bourbons*, qui comptent plus de
quarante Rois parmi leurs ancétres, et
qui occupent aujourd'hui trois différens
trônes, fans y comprendre celui, qui
appartient à la branche ainée de leur
Maifon? A un Peuple vif et valeureux,
il faut un Maître impofant, par fa
naiffance, fa famille, fa grande autorité,
pour tempérer, réprimer et gouverner
cette ardeur nationale, qui, bien ou mal
dirigée, enfante des vertus ou des crimes,
des prodiges d'héroifme ou de fcélérateffe,
des d'*Affas* ou des *Mirabeaux*. Il lui
faut une nobleffe héréditaire, qui, en
confervant le fouvenir des grandes actions
et des fervices fignalés, entretient
l'émulation de l'honneur, du patriotifme,
et l'amour de la vertu. En un mot,
à un Peuple fenfible, galant et généreux,
lorfqu'il eft calme et qu'il fuit fon
naturel, il faut des moeurs, des principes,
et des loix analogues à fon climat,
à fes antiques préjugés, à fon génie,
à fon caractère.

Voilà, mes chers Compatriotes, ce
dont vous avez befoin pour être heureux,
et ce à quoi vous devez tendre, pour le
devenir. Tant que votre Gouvernement
fera réprefentatif et républicain, vous
marcherez le dos tourné vers le bonheur.
Après tant d'agitations, de fecouffes et
d'épuifemens, vous avez indifpenfablement
befoin d'un repos réparateur, et vous
ne pouvez le trouver qu'à l'ombre du
Trône, que vous avez fi imprudemment
renverfé, puifque vous avez été forcés
d'en raffembler quelques débris, pour
diminuer vos maux. La paix que vous
venez de faire, avec le Roi des mers
et du commerce, ne vous le procurera
pas. Le repos n'eft pas un fruit qui
croiffe fur le fol d'une grande République,
dont les Gouvernans font obligés
d'occuper l'armée à l'extérieur, pour
éviter la guerre au-dedans, et affurer
leur autorité. La paix eft le premier
des biens, et celui, fans lequel on ne
fauroit jouir des autres. Elle vous eft
néceffaire, pour réfermer vos plaies,

réparer vos pertes, rétablir votre marine épuisée, ranimer votre commerce, qui languit dans ses principales branches et en a perdu quelques unes ; mais ceux-là s'abusent étrangement qui croient pouvoir fixer parmi vous cette divinité tutélaire, autrement que par le retour de la Monarchie et de la Monarchie légitime.

Bien que les maximes (je ne dis pas les principes) de la morale soient variables, comme les mœurs et les loix, dont elles émanent, il est des idées sociales à l'abri de toutes les variations ; des pensées uniformes entre les individus et les nations, malgré l'opposition des intérêts ; des vérités politiques, de tous les tems, indépendantes du triomphe de l'iniquité, et dont les succès du vice et du crime ne font que mieux sentir la justesse et l'importance : tel est, entre autres, le principe, que, sans la justice, il ne peut y avoir de société tranquille et de gouvernement durable.

Or, si le repos et la stabilité d'un
gouvernement dépendent essentiellement
de la justice, et si, comme on s'accorde
à le dire, la justice consiste à rendre
à chacun ce qui lui est dû, à traiter
les autres, comme on voudroit être
traité par eux, le moyen, Peuple
Français, que vous puissiez jouir du
repos et du bonheur, sous un Gouvernement établi par le crime et le brigandage,
fondé sur l'injustice et le vol, qui a
démoli, non sans de grands efforts, la
Constitution d'un Royaume, maintenu,
par elle, florissant, pendant quatorze
siècles, au milieu de vingt Puissances
jalouses de sa gloire ? Le moyen qu'un
Gouvernement, qui a étouffé l'esprit
religieux, dépouillé l'Eglise de ses biens,
la Noblesse de ses propriétés et de son
nom, mis ceux, qui faisoient l'aumone,
dans la nécessité de la recevoir ; qui a
assassiné le Roi le plus ami du Peuple,
fait périr, dans un cachot, le Fils, et,
sur un échafaud, la Femme et la Sœur
de ce Roi vertueux, expulsé de leurs

antiques domaines les Princes de fon fang, égorgé ou expatrié fes plus fidèles Serviteurs, fes Sujets les plus riches, pour s'emparer de leurs biens; le moyen, dis-je, qu'un Gouvernement, aff*r fur de pareils fondemens, qui a fanctionné de pareilles injustices, des atrocités fi révoltantes, puisse être paisible et durable? Quelque habile et heureux que foit celui qui s'en est fait le chef, de fa propre autorité; quelques lumières, quelques talens, qu'on fuppofe à ceux, qui ont intérêt de le foutenir, ils ne fauroient lui donner de la confistance. L'Etat Romain fut établi par des brigands, et non fur le brigandage; il fut fondé fur des principes monarchiques, et non fur des principes anarchiques et républicains.

Outre que le gouvernement monarchique eft le feul qui convienne à un Etat étendu et à un Peuple ami de la nouveauté, n'est-ce pas le gouvernement le plus naturel et le moins imparfait de tous? Quelque opinion qu'on adopte

fur l'origine du genre humain: foit, que
nous defcendions d'un premier homme,
comme la religion nous fait un devoir
de le croire; foit, que notre efpèce ait
toujours fubfifté, tantôt fauvage et tantôt
civilifée, tantôt barbare et tantôt corrompue et pourric, au moins eft-il
vraiffemblable que la famille, qui fit les
premiers pas vers la civilifation, avoit
un chef, et que le premier gouvernement
fut le gouvernement paternel ou d'un
feul. Ce qui eft certain, c'eft qu'au
fortir du nuage qui couvre l'origine de
l'état civil, nous voyons le genre-
humain s'accroître et fe policer fous le
gouvernement monocratique. Si vous
portez vos regards fur les Nations, qui
ont joué un rôle fur la fcène du monde
politique, vous verrez que toutes, fans
en excepter la plûpart des Etats modernes,
ont commencé par des Rois. Les Egyptiens,
qui faifoient remonter fi haut leur
monarchie, n'ont jamais eû une autre
forme de gouvernement. Vous favez,
que la nation juive, longtems leur efclave,

paſſa dans les déſerts de Sinaï, ſous la conduite de *Moïſe*, et qu'après la mort de ce Prince-légiſlateur, les Juifs furent gouvernés plus de tems par des Rois en titre, que par des Juges. Les Aſſyriens qui, après la nation Egyptienne, paſſent pour être le peuple le plus ancien, n'eurent jamais d'autre gouvernement que le monarchique. Il en a été de même des Médes, des Babyloniens et des Perſes. Les divers Etats de la Grèce, tels que Sicyone, Corinthe, Argos, Mycènes, la Béotie, la Cécropie ou Athenes, Lacédémone ou Sparte, commencerent par être monarchiques. Enfin pour vous convaincre, Citoyens, que les dix-neuf vingtiemes des Peuples connus, anciens et modernes, ont été gouvernés par des Rois, il me ſuffira de rappeller à votre ſouvenir la Phrygie, la Dardanie, la Phénicie, les Latins, les premiers Romains, la Lydie, la Macédoine, le Pont, l'Arménie, la Bithynie, la Syrie, les Parthes, et, dans des tems moins reculés, les Arabes, les Sarraſins, les

Turcs, les Lombards, les Goths, les
Exarques de Ravenne, les Comtes de
Toulouse et de Provence, les Ducs de
Bretagne et de Bourgogne, les Rois de
Chypre et de Jérusalem, de Léon, de
Castille, d'Arragon, de Navarre, de
Bohême, de Hongrie, de Moscovie, etc.

Or, de toutes les formes de gouvernement, la monarchique, étant la plus
commune, est incontestablement la plus
naturelle, la plus conforme à l'ordre;
et c'est vouloir empirer ou reculer, que
d'en prendre une autre. Avant que
l'amour de la singularité n'eut fait perdre
à *Mercier*, l'Auteur de l'ancien et du
nouveau *Tableau de Paris*, le peu de
bon sens qu'il avoit, il étoit convenû,
que „le Gouvernement monarchique avoit
„*seul* une majesté *durable*; que la base
„du *Trône* affermit celle de l'Etat; que
„l'autorité y est *constante et respectée,*
„tandisque les Républiques ont un *constant*
„besoin de *Dictateurs.*" *).

---

*) L'An 2440. C'est le titre du moins
médiocre des ouvrages de cet Auteur.

Voici un nouvel hommage rendu au gouvernement monarchique, par un autre Républicain, d'un plus grand poids, que *Mercier*, puisqu'il s'agit d'un des membres de votre défunt *Directoire*, prêtre apostat qui, dans le procès du Roi, vota, sans *phrase*, pour la mort. Après avoir dit, que le meilleur régime social est le monarchique, l'ex-Abbé *Sieyes* ajoute: „ce n'est pas pour caresser d'anciennes „habitudes, ni par aucun sentiment „superstitieux de Royalisme que *je préfère* „*la monarchie*; je la préfère, parceque „*m'est démontré*, qu'il y a plus de *liberté* „pour le citoyen dans une *Monarchie*, „que dans une *République*.“

Et véritablement, plus les corps politiques s'éloignent de la monarchie, moins ils sont bien organisés, moins ils sont à l'abri des maladies, moins les citoyens sont libres et heureux. Le tableau de votre Révolution en offre la preuve. Les désordres et les malheurs se sont accrus parmi vous, à proportion que

que vous vous êtes plus éloignés de
l'ancienne Constitution; et ils ont été
à leur comble, lorsqu'adoptant les idées
utopiques de l'Auteur du *Contract social*,
votre Gouvernement est devenu tout-à-
fait démocratique, et que le Peuple a
été déclaré *Souverain*, comme si la
Souveraineté pouvoit jamais être l'apanage
de la multitude!

La souveraineté, pour l'apprendre,
en passant, à vos Philosophes-législateurs,
n'est pas la force publique, mais le
pouvoir et le droit d'en user, pour
regler en dernier ressort tout ce qui a
rapport à la société. La Souveraineté
est le résultat de la force, c'est-à-dire,
d'une supériorité de puissance physique
ou morale; et cette supériorité s'obtient
par l'épée ou par la soumission volontaire
de la multitude à un ou plusieurs chefs.
Une nation sans souverain, ou en insurrection contre son souverain, n'est plus
une nation, ne forme plus ce qu'on
appelle Peuple ou Cité; c'est un corps

acéphale, une aggrégation d'hommes,
une multitude, et cette multitude n'eſt
pas ſouveraine, parceque là, où tout le
monde eſt maître, perſonne ne l'eſt.
Elle n'eſt pas même ſouveraine, lorſqu'-
elle ſe choiſit un chef ou qu'elle s'en
donne pluſieurs. Ce choix eſt un acte
forcé, un acte néceſſaire, un beſoin de
Régent, un aveu formel d'impuiſſance et
d'inaptitude à ſe gouverner. Des voyageurs, qui prennent un guide, des
malades, qui appellent un médecin, ne
font pas un acte de ſouveraineté, mais
un acte commandé par leur ſituation,
un acte convenable à leurs intérêts: les
uns cédent à la crainte de s'égarer, les
autres obéiſſent au déſir de ſe mieux
porter. Avant l'élection d'un chef ou
des magiſtrats, une multitude eſt un
corps ſans tête, et la ſouveraineté réſide
eſſentiellement dans la tête *). La

---

*) Les gouvernemens monocratiques ſont
   d'autant plus intéreſſés à propager ces
   juſtes notions de la Souveraineté et à les

souveraineté eſt une et inaliénable de ſa nature: auſſi *Rousseau* avoue-t-il, que le Souverain ne peut être répreſenté, que par lui-même. Mais vos Philoſophes-légiſlateurs n'ont pas vû ou voulû voir, que les principes du *Contract ſocial* ne ſont tout au plus applicables qu'à une petite Cité; que ce Livre, qui a troublé tant de cerveaux, enfanté tant d'erreurs,

7 *

---

enraciner dans les têtes, qu'ils ont eû l'impolitique de laiſſer accréditer l'erreur qu'elles combattent. On lit dans les Ouvrages, de notre tems, les plus répandus, tels que les Etudes de la Nature, par M. Bernardin de St. Pierre, et le Cours de Littérature, par M. Laharpe, que la Souveraineté d'une nation réſide en elle-même, et non dans ſon Prince; que le Prince n'eſt que ſon Mandataire, ſon Subdelegué, comme ſi des troupeaux ou des vaincus pouvoient être des commettans, et avoir des sub-delegués!

caufé tant de défordres et de calamités, n'eft qu'une forte d'utopie, de roman politique, où l'homme focial n'eft pas confidéré tel qu'il eft, mais tel qu'il feroit à défirer qu'il fut, et qu'il ne fera jamais, de l'aveu de l'Anteur même, qui dit, qu'il n'a jamais exifté de démocratie véritable, et qu'un pareil gouvernement n'appartient qu'à des êtres fur-humains.

Que penfer, d'après cela, des lumières et de la fageffe de vos Docteurs, et de tous ceux, qui fe font efforcés d'adapter cette forte de gouvernement à une Nation auffi nombreufe que la Françaife, à une Nation auffi légère, auffi corrompue, et dont les Répréfentans fe montroient eux-mêmes les plus étourdis, les plus méchans, les plus dépravés des êtres civilifés ?

Pourriez-vous méconnoître les avantages du gouvernement monarchique, lorfqu'en vous en rapprochant par la

Conſtitution de l'an 8, vos malheurs ſont devenus moindres, que ſous vos Conſtitutions précédentes ? En mettant le pouvoir exécutif dans les mains d'un ſeul ; en accordant au premier Conſul le droit de nommer et de deſtituer les Miniſtres, les Conſeillers d'Etat, les principaux Officiers de terre et de mer (droit, que n'avoient pas vos anciens Rois, qui ne pouvoient deſtituer aucun officier civil ou militaire, ſans un procès préalable), cette Conſtitution vous a rendus des Républicains ſémi-monarchiques ; et quand elle n'auroit ſervi qu'à reconcilier le Gouvernement avec les formes royales, vous devriez de la reconnoiſſance à l'Auteur fortuné de la Révolution du 18. brumaire, dont elle eſt la fille. Mais elle a plus fait : elle vous a delivrés de l'eſprit tyrannique du Directoire ; de la loi inique, qui rendoit les Communes reſponſables des délits d'un particulier ; de la loi, non moins inique et plus barbare, des ôtages ; et ſi elle vous a laiſſés ſous le joug du deſpotiſme, elle a

du moins affoibli le fyftéme inquifitorial,
l'efprit révolutionnaire, et la puiffance
des Jacobins.

Plus le Gouvernement s'éloignera des
formes républicaines et fe rapprochera
de l'efprit monarchique, plus il lui fera
facile de ramener l'ordre et de foulager
la Nation des maux qui l'accablent;
mais n'efperez pas qu'il parvienne à
ramener la tranquilllité et le bonheur,
tant qu'il agira d'après les principes de
la Conftitution actuelle, ni qu'il lui foit
poffible de maintenir cette Conftitution.
Quelque bienfaifante qu'elle foit, en
comparaifon de fes aînées, elle fera de
courte durée, comme elles, et ne fe
foutiendra que par la violence, puifqu'elle
autorife, comme elles, l'injuftice et
l'ufurpation, et qu'elle favorife l'irreligion
et l'impiété.

Il eft facheux, pour l'honneur de ceux
qui l'ont redigée, qu'ils y aient oublié
la religion; qu'ils n'aient pas vû que la

religion eft le fondement de l'édifice focial, et qu'il n'eft pas moins difficile, comme l'a dit *Plutarque*, d'établir un Etat fans religion, que de bâtir une ville dans les airs. Ces conftructeurs de cavernes civiles fe croient-ils plus favans et plus fages, que l'Hiftorien des Grands hommes de l'antiquité Grècque et Romaine? Peuvent-ils ignorer, que la religion eft la morale du peuple, qu'il n'eft pas fufceptible d'en avoir une autre, et qu'un Peuple fans morale eft indifciplinable? Même pour ceux qui ne font pas peuple, la religion eft néceffaire, parceque, comme l'a dit *Montesquieu*, *elle eft toujours le meilleur garant que l'on puiffe avoir des moeurs des hommes* *). Paffer fous filence le culte public, dans la Conftitution d'un peuple, eft un phénomène politique, un folécifme, un barbarifme moral, une monftruofité, dont

---

*) Grandeur et Décadence des Romains, chap. X.

il étoit refervé au fiècle de la philofophie
de donner l'exemple.

La religion, ou ce qui lie et relie
les hommes entre eux, eft auffi nécelſaire
à la vie civile, que la chaleur à la vie
animale, et un des plus grands traits
de la médiocrité et de l'efprit d'ineptie
de vos philofophes, eft d'avoir imaginé
qu'avec de bonnes loix (et font-ils
capables d'en faire de bonnes?), on
pouvoit fe paffer d'elle. Les loix, quelque
fages qu'on les fuppofe, ne font que les
pierres de l'édifice focial : la religion eft
le ciment qui les lie les unes aux autres.
Les loix n'arrêtent que la main, ne
puniffent que les maladroits, et fe bornent
à défendre de malfaire : la religion étend
fon empire fur la volonté, donne un
témoin et un juge aux actions les plus
fecrettes, et commande non feulement
de faire le bien, elle exige encore, que
la bienfaifance, la bonté, la modération,
foient auffi réelles qu'apparentes, qu'elles
aient leur racine dans le coeur, qu'elles

exiftent dans toute leur perfection. Les
loix peuvent retenir les méchans par la
crainte des punitions, et réparer les
injuftices ou du moins remedier à celles
qui font fenfibles et connues : la religion,
fans négliger le reffort de la crainte,
promet des récompenfes et des félicités
aux vertus ignorées ou méconnues, qui
font les plus vraies et les plus utiles,
et, par l'efpoir d'une vie plus heureufe,
elle entretient le goût de la vertu parmi
les citoyens, et les foulage, les confole
dans les peines, dans les afflictions,
dont cette vie de pélérinage eft par-
femée.

Si ce font là des vérités inconteftables,
Peuple Français, quelle eftime devez-vous
faire de ceux de vos Réprefentans, qui
ont regardé la religion, non feulement
comme inutile, mais comme un obftacle
à votre bonheur? Quelle opinion devez-
vous avoir de ceux qui ont dit, que
toutes les religions font des attentats à la

raifon? *) Et que devez-vous penfer des moeurs et des intentions de ceux de vos Réprefentans actuels, qui s'affligent des mefures que prend, un peu tard, le premier Conful, pour rétablir celle de vos Pères, et qui s'oppofent à ce qu'elle foit déclarée la religion de l'Etat, fous prétexte de la liberté des cultes, promulguée par les Conftitutions précédentes?

Tolérer tous les cultes indifféremment, les abandonner aux caprices de la liberté, n'eft-ce pas les déclarer inutiles? n'eft-ce pas annoncer qu'il n'en eft aucun qui mérite la préférence? n'eft-ce pas donner à entendre qu'ils font tous également faux? et un Gouvernement réglé peut-il

---

*) Cette assertion a été publiquement avancée et applaudie dans le Conseil des 500, 13 Decemb. 1797. Le dernier excès de barbarie, c'est de rendre le peuple malheureux et de lui ôter la religion qui peut adoucir ses maux.

donner l'exemple du mépris de la religion?
Philofophes fans fageffe, Légiflateurs
fans politique, Sénateurs fans expérience,
Tribuns fans patriotifme, vous tous qui
avez eû part aux Conftitutions, dont ma
patrie a fait l'effai malheureux, depuis
le renverfement de la feule qui lui
convienne, écoutez un Auteur qui ne
doit pas vous être fufpect, puifque c'eft
celui, dont les écrits ont le plus
contribué à groffir la phalange de l'impiété:
„Partout, dit *Voltaire*, où il y a une
„fociété établie, une religion eft néceffaire.
„Telle eft la foibleffe du genre humain
„et telle fa perverfité, qu'il vaut mieux
„pour lui d'être fubjugué par toutes les
„fuperftitions, pourvûqu'elles ne foient
„pas meurtrières, que de vivre fans
„religion*)... Otez aux hommes l'opinion
„d'un Dieu, vengeur et rémunérateur,
„*Sylla* et *Marius* fe baignent alors
„avec délices dans le fang de leurs

---

*) Traité de la Tolérance.

„concitoyens *)." Philofophes infenfés! comment eft-il poſſible, qu'après la terrible et affreuſe expérience que la Nation a faite des malheurs de l'irréligion, fous les *Carrier*, les *Collot-d'Herbois* et les *Robespierre*, vous ayez regardé la religion comme inutile, et que vous n'ayez feulement pas daigné prononcer fon nom, dans la dernière de vos Conſtitutions éphémeres? En voulant priver vos concitoyens de la religion, favez-vous de quel bien vous le priveriez? Seriez-vous aſſez malheureux pour n'avoir pas connû les confolations fi douces, fi puiſſantes, qu'elle verfe dans l'ame des mortels fenfibles et malheureux? Ignoreriez-vous quelle patience dans les douleurs, quelle réfignation dans les privations, quel courage dans les perfécutions, quelle fermeté dans un abandon univerſel, donne à un chrétien l'idée feule de la préfence et de la juſtice de

*) Homélies prononcées à Londres, en 1762.

l'Etre suprême? Quel soulagement pouvez - vous donc avoir dans vos maladies, dans vos chagrins, dans la perte ou la trahison des objets de votre amour, si vous êtes privés des secours de la religion? Que font, auprès d'eux, les consolations de l'orgueil et les conseils d'une philosophie présomptueuse, qui laisse toute leur foiblesse aux ames en proie aux coups de l'adversité? Législateurs imprévoyans et inhumains! La religion auroit dû vous paroître respectable et nécessaire, quand elle ne serviroit qu'à procurer quelque soulagement à ces infortunés, qui, sans force d'esprit, sans énergie dans l'ame, succomberoient aux traverses du sort, s'ils n'étoient soutenus par l'espérance d'une vie, où leurs chagrins présens et leurs afflictions passées deviendront autant de droits à une éternelle félicité. Mais je vous le demande, vous qui vous autorisez de l'exemple et des décisions de *Voltaire:* cet Auteur vous a-t-il donc parû plus croyable et plus sensé, lorsqu'il attaquoit et décrioit la Religion de *François de Sales* et de *Vincent de Paule*, de *Bossuet* et de *Fenelon*, que lorsque, cédant à la force de la vérité, il disoit aux Maîtres des Nations: „il est absolument nécessaire, „pour les Princes et pour les Peuples, „que l'idée d'un Etre suprême, créateur, „gouverneur, rémunérateur et vengeur, „soit profondement gravée dans les „esprits *) . . . . . Le stoïcisme ne nous „a donné qu'un *Epictete*, et la morale „chrétienne forme des milliers d'*Epictetes* „qui ne savent pas qu'ils le font, et „dont la vertu est poussée jusqu'à ignorer „leur vertu même **).‟ Philosophes-législateurs, quelque indulgent qu'on soit, n'est - on pas forcé de vous accuser d'ineptie ou de perversité? *Voltaire*, plus éclairé ou de meilleure foi, que vous, reconnoissoit avec tous les bons

---

*) Oeuvr. compl. tom. XXXVIII. édit. de Beaumarchais.

**) Lettres de Volt. Tom. II. lett. 214.

esprits, que la force que la religion
donne aux loix, et à la morale, en
commandant à la confcience, en agiffant
fur la volonté, eft le frein le plus capable
de contenir les hommes, de reprimer
leurs paffions, et l'aiguillon le plus
puiffant, pour les porter à la Vertu.

Si la religion eft reconnue néceffaire,
par les plus grands ennemis du chriftianifme, qui oferoit nier que de la néceffité
de la religion ne réfulte le befoin d'un
culte public? Sans un culte extérieur,
la religion ne peut fe conferver. En
raffemblant les hommes dans un lieu,
où ils croient la Divinité plus préfente,
où les Héros de la fainteté font parti-
culièrement honorés, où les grands et
les petits, les riches et les pauvres font
égaux, et placés à la même table, le
Culte public confole les uns et les autres
de leur foibleffe, nourrit leur efpérance,
les encourage dans leurs devoirs refpectifs,
et les attache à la foi, qui fe perdroit
fans ce point de ralliement et d'électrifation.

Quel eſt le chrétien qui ne puiſe pas de nouvelles forces dans cette ſociété des fidèles, unis d'eſprit et de coeur, pour rendre à l'Etre ſuprême le tribut de reconnoiſſance et d'amour qu'ils lui doivent? Dans cette communion de voeux, de prières, de chants, les ames vicieuſes, reſpirant l'air de la vertu et de la piété, en prennent inſenſiblement le goût, et les ames dévotes et vertueuſes ſe ſentent animées d'une nouvelle ardeur pour le bien.

La néceſſité du Culte public entraîne celle des Deſſerviteurs des autels, des Dépoſitaires des loix divines, chargés de la direction des conſciences, et de l'enſeignement de la morale religieuſe, qui ſeule donne de la force aux loix civiles. Il convient, que des hommes deſtinés à un miniſtère ſi important, revêtus d'un caractère ſi auguſte, jouiſſent, chacun ſelon ſon grade, d'une fortune, qui les mette au-deſſus des beſoins, qui leur attire la conſidération publique, et leur fourniſſe les moyens de donner l'exemple de la bienfaiſance, de ſoulager les malheureux et de ſecourir les indigens. Le peuple ne reſpecte que ce qu'il honore, et il n'honore que ceux que leur bien-être met hors de ſa dépendance. Si les Miniſtres des temples, les Interprêtres des loix divines, étoient pauvres, ils n'inſpireroient aucun reſpect, et ne pourroient maintenir celui qui eſt dû aux ſolemnités de la religion: elles ont beſoin de pompe, et eux, d'une certaine aiſance, qui les mette à l'abri des humiliations et des baſſeſſes qu'entraine trop ſouvent la pauvreté. On ne peut non plus leur refuſer, ſans inconſéquence, leur modeſte coſtûme, pour les faire diſtinguer et reſpecter des autres citoyens. Si l'on donne un habit particulier aux défenſeurs de la patrie, il faut que les défenſeurs et les officiers de la religion, les apôtres de la morale, les miniſtres des choſes divines, aient auſſi le leur, et le portent partout, comme un ſigne d'humilité et un titre de vénération.

Ces obfervations fi fimples, mais raifonnables, font plus que fuffifantes, Peuple Français, pour vous mettre à portée d'apprécier la conduite et les vues de ceux qui perféverent à fe montrer les ennemis de la religion et de fes miniftres, et qui blâment les difpofitions du Gouvernement actuel, pour rétablir le Culte catholique dans fes anciens droits.

Plus fage que les prétendus Philofophes qui ne veulent point de culte, ou, ce qui revient au même, qui défirent qu'on les tolère tous, le premier Conful, perfuadé de la néceffité de la religion, a fenti qu'elle a befoin de l'aveu de la Loi, puifqu'elle ne fauroit conferver fon empire, s'il étoit permis de lui manquer de refpect; et d'après cela, devoit-il, pouvoit-il en choifir d'autre que la catholique? Outre qu'on ne peut nier qu'elle ne foit la plus ancienne, puifque *Clovis* la fit monter avec lui fur le Trône, elle eft inconteftablement la plus

nombreuſe, et j'ajoute, la meilleure.
Pour le prouver, il ſuffit d'obſerver, que
c'eſt celle qui a le plus de priſe et de
puiſſance ſur l'eſprit et ſur le coeur
humain. Les images et les ornemens
des temples, la pompe et la majeſté des
cérémonies, parlent aux ſens, captivent
l'imagination, et diſpoſent l'ame à la piété,
à la ſoumiſſion et au reſpect. Faiſant du
mariage, un lien ſacré ou un ſacrement
ineffaçable et indiſſoluble, elle le rend
plus reſpectable, et prévient les ſuites
facheuſes de l'inconſtance ou de l'empor-
tement, ce qui, n'en déplaiſe aux
partiſans du divorce, tourne plus, que
le divorce, au profit de la Société.
L'obligation qu'elle impoſe à chaque fidèle
de déclarer, au moins une fois l'an,
ſes fautes les plus ſecrettes à un juge
des conſciences, eſt un nouveau titre
à ſa prééminence ſur toutes les ſectes,
qui ont rejetté la confeſſion auriculaire.
Que d'infidélités de tout genre le ſeul
ſouvenir de cette obligation n'a-t-il pas
arrêtées! Que d'injuſtices et de torts,

cette confeſſion gênante, mais ſalutaire,
n'a-t-elle pas réparés! Que de reſti-
tutions ne lui doit-on pas! Auſſi
Rousseau, tout proteſtant et philoſophe
qu'il étoit, reconnoit lui-même, que la
Société recueille de grands avantages de
la confeſſion auriculaire. L'homme étant
porté par la nature à ſe préférer à tout,
et par conſéquent à nuire aux autres,
la religion qui préſente le plus de freins
à ſes paſſions, et qui eſt la plus capable
de le détacher de lui-même, pour
l'attacher au bien public, eſt ſans contredit
celle qui mérite la préférence: et, aux
yeux de la politique et même de la vraie
philoſophie, les Réformateurs de l'Egliſe
Romaine n'ont rien moins que bien
mérité de l'humanité civiliſée: en dimi-
nuant, par leurs ſuppreſſions, le nombre
et la force des freins, ils n'ont fait
qu'élargir les conſciences, relacher les liens
ſociaux, et aplanir la carrière du vice *).

---

*) Un Calviniſte-Socinien, auteur de
pluſieurs écrits ſur la Révolution fran-

— 165 —

Il n'y a, en effet, que des demi-
philofophes et des politiques médiocres,
qui foient capables de reprocher à la
Religion catholique d'avoir plus de dogmes,
que les Sectes réformées, et de lui faire
un crime de favorifer le fanatifme et la
fuperftition, le célibat et l'intolérance.

çaife, qui annoncent des connoissances
et même des lumières peu communes,
M. Descharni, dans son livre de
l'Egalité, s'exprime ainsi sur la
Réforme: „Elle influa sur les moeurs,
„non pour les corriger ou les rendre
„meilleures, mais pour polir et raffiner
„la corruption. . . . . . Elle ne fit que
„soulever les Chrétiens les uns contre
„les autres, diviser les esprits unis
„auparavant par le bandeau de l'ignorance.
„La Réforme a fait périr dans les combats,
„dans les supplices, plusieurs millions
„d'hommes. Elle n'a été qu'un redou-
„blement de calamités, pour l'espèce
„humaine." Cela est vrai, mais un
Ecrivain catholique n'auroit pû le dire
décemment, et sans révolter le plus grand
nombre de ses lecteurs.

Quoique ces reproches ne faſſent du tort, auprès des eſprits vraiment éclairés, qu'à ceux qui ſe les permettent, je crois devoir préſenter ici quelques obſervations, qui en feront ſentir l'ineptie, même aux eſprits vulgaires.

L'Homme civiliſé eſt un être accablé de beſoins et de maux. Le ſentiment qu'il a de ſa foibleſſe le rend timide, craintif, avide de tout ce qui peut le ſoulager, crédule pour tout ce qui flatte ſes déſirs. Les anciens Philoſophes qui l'ont défini *un animal raiſonnable*, auroient dit plus vrai, s'ils l'euſſent défini *un animal religieux*, puiſque, dans tous les tems, dans tous les pays, même avant d'entrer en civiliſation, il a mieux aimé ſe preſcrire les cultes les plus extravagans, les plus fous, que de vivre ſans religion, c'eſt à-dire, ſans la croyance en des êtres ſupérieurs à ceux de ſon eſpèce, et ſans rendre à ces êtres divins des hommages, dans l'eſpoir d'en être traité favorablement. Plus il s'écarte de son état primitif et se rapproche de l'état civil, plus la sphère de son imagination s'aggrandit, et par conséquent plus les idées religieuses lui deviennent nécessaires. Son imagination, ne pouvant pas plus se passer de nourriture, que son estomac, il n'en trouve de satisfaisante et d'inépuisable que dans la religion, toujours féconde en merveilleux et en consolations. Le merveilleux ou le surnaturel de la Religion, désigné sous le nom de dogmes et de mystères, est ce qui compose son essence, ce qui la constitue religion, lien sacré, ce qui éleve ses préceptes au-dessus des loix civiles, ce qui, en un mot, la distingue des choses humaines. L'idée consolante de l'immortalité de l'ame, de la punition des méchans, et de la récompense des bons, dans l'autre vie, ou d'un enfer et d'un paradis; la persuasion de la présence réelle de Dieu, dans les temples où les ames vont se purifier, porter leurs voeux, puiser des forces dans une nourriture céleste; la célébration des

myſtères; la conſécration des promeſſes
et des alliances; les honneurs rendus aux
morts: toutes ces choſes donnent à la
morale une puiſſance, qu'elle ne ſauroit
recevoir de la législation civile. Affoiblir
le ſyſtéme dogmatique ou myſtérieux,
c'eſt affoiblir le reſſort de la religion,
et lui faire perdre ſon énergie; et quand
les philoſophes-déiſtes nous diſent, qu'il
faut prêcher la morale aux peuples, et
laiſſer de côté les dogmes, ils prouvent
bien qu'ils n'ont qu'une connoiſſance
ſuperficielle de l'eſprit humain. C'eſt le
merveilleux qui attache à la religion, le
ſurnaturel qui la caractériſe divine, et
qui proſterne le genre-humain devant elle.
Il y a dans l'Homme, modifié et paitri
par l'éducation civile, un fonds inépuiſable
d'amour-propre et de ſenfibilité, qui
lui peſe, qu'il aime à répandre, et qui
l'attache à tout ce qui éveille, careſſe et
nourrit ſon imagination: de-là ſon goût
pour le ſurnaturel, le merveilleux, le
dogmatique; de-là ſon penchant à ſe
faire illuſion ſur les objets mêmes, qui

font

font le plus à fa portée, pour peu qu'ils l'intéreffent. Le goût du merveilleux et du furnaturel eft fi homogène, fi effentiel, et, pour ainfi dire, fi néceffaire à l'homme, affoibli par la culture intellectuelle, qu'on a vû de nos jours, les hommes qui avoient le plus d'efprit chercher à remplacer le merveilleux des idées religieufes, par celui de la charlatanerie des *Mesmer* et des *Cagliostro*; tant les ames dégroffies et fenfibles éprouvent le befoin de s'appuyer fur une puiffance au-deffus d'elles! On peut dire, que le fentiment eft de fa nature religieux, et que l'incrédulité eft moins la marque d'un efprit fort, que d'un efprit de peu d'imagination et de fenfibilité. Tous les grands attachemens font fuperftitieux, et la repugnance univerfelle des femmes, pour l'irréligion, vient à l'appui de cette obfervation. L'incrédulité fuppofe une fuite de réflexions incompatibles avec cette douceur et cette vivacité de fentiment, qui charment en elles, et qui affurent bien plus fûrement leur empire fur les hommes, qu'aucune des autres qualités qu'elles peuvent avoir. Les *Luther*, les *Melanchton*, les *Calvin*, les *Beze*, les *Zuingle* et les autres Réformateurs des dogmes du Chriftianifme, font, aux yeux des vrais politiques, ce que font, aux yeux des vrais littérateurs, les *Fontenelle*, les *Lamothe*, les *d'Alembert* et les autres ennemis de l'enthoufiafme poëtique. Les uns n'ont fait qu'affoiblir les refforts de la morale religieufe, et il n'a pas dépendû des autres de foumettre au compas de la froide raifon, un art qui ne vit que de fictions, d'images et de fentiment. Otez le myftérieux ou le dogmatique, la morale n'a plus qu'une autorité humaine, et perd fon reffort. Tous ceux qui ont voyagé et obfervé les moeurs, conviennent qu'il y a plus de religion, plus de bonne foi, plus de fidélité, plus de confcience, parmi le peuple Catholique, que parmi le peuple des autres Cultes; et cela vient, de ce que les Sectes proteftantes ont moins de dogmes et moins de cérémonies

myſtérieuſes. Les dogmes ſont à la
morale, ce que les fondemens ſont à
l'édifice, ce que le tronc eſt aux branches
qu'il ſoutient, et ce que la ſéve eſt à
l'arbre entier: tant que cette ſéve s'éleve
dans le tronc et circule dans les branches,
elle les tient en vie, et ils meurent,
dès quelle les abandonne.

Reprocher au Catholiciſme de favoriſer
la ſuperſtition et le fanatiſme, c'eſt
reprocher au feu, qui échaufe et ranime,
de cauſer des brûlures et des incendies.
La ſuperſtition et le fanatiſme ſont la
rouille naturelle du frein de la religion,
où plutôt l'alliage, ſans lequel il ſeroit
difficile de tirer parti de l'or pur de la
religion: car ces vices, dirigés par un
gouvernement ſage, employés par des
mains habiles, deviennent des vertus *),

8 *

*) J'ai prouvé, dans une de mes Lettres
précédentes, qu'en politique, vertu,
vérité, juſtice et bien public,
ſont une même choſe ſous des noms et
des rapports différens.

puisqu'on peut les faire concourir au bien de l'Etat. On sait quel parti les Généraux Russes tirent de la dévotion superstitieuse des soldats, lorsque l'armée manque de vivres, ou qu'il s'agit de franchir des rivières. Quels prodiges de valeur et quelles conquêtes ne feroient pas les Turcs, heureusement mal disciplinés, si leurs Chefs savoient mettre à profit la persuasion générale parmi eux, que tout Musulman, qui meurt en combattant pour sa patrie, va droit en paradis; et quel paradis pour des voluptueux, que celui de *Mahomet*?

Outre que toutes les passions dégénèrent en fanatisme, quand elles sont portées trop loin, et qu'on a vû de nos jours l'athéisme lui-même avoir ses fanatiques, qui oseroit nier, lorsque l'Auteur de *la Confession du Vicaire Savoyard* en est convenu, que le fanatisme religieux ne soit *une passion grande et forte, qui eleve le coeur de l'homme, qui lui donne un* reſſort prodigieux *), et qu'il ne faut que mieux diriger, *pour en tirer les plus sublimes vertus?* C'eſt de la combinaiſon

---

*) Pour faire ſentir aux Hommes d'Etat les moins éclairés, ce que peut le fanatisme de la religion même la plus ſuperstitieuse, il nous ſuffira de leur faire obſerver, que dans un tems de famine, les anciens Egyptiens, qui, comme on ſait, adoroient certains animaux, aimerent mieux ſe dévorer les uns les autres, que d'immoler à leur appétit les chiens et les chats; et qu'encore aujourd'hui les Veuves de Malabar, tant ſoit peu dévotes, ſe brûlent vives ſur le bûcher de leur Mari, bien que le gouvernement les diſpenſe de ce devoir religieux. Quel ressort, que celui qui détache à ce point les hommes d'eux-mêmes, qui les fait triompher du ſeul ſentiment qu'ils apportent en naissant, de l'amour de leur conſervation! O, politiques, que vous êtes peu politiques, lorſque vous cherchez à détruire le frein le plus puissant de l'animal à la fois le plus à craindre et le plus utile pour vos besoins et vos jouissances!

du fouffre et du falpêtre, tirés des plus
viles matières, que fort le plus puiffant
des agens, dont les hommes difpofent :
or la fuperftition et le fanatifme font la
véritable poudre à canon du monde
politique et moral. Qu'ils font donc
bien peu Philofophes ces Auteurs qui ne
ceffent de déclamer contre des préjugés,
qui, tout en faifant le bonheur de ceux
qui en font dominés, font encore la
force, la grandeur et la profpérité de
l'Etat, comme on peut en juger par
l'hiftoire des anciens Romains, le plus
fuperftitieux des peuples de fon tems.
En un mot, puifque la fuperftition et le
fanatifme font des fources fécondes, où
l'homme peut puifer des vertus, auffi
bien que des crimes, c'eft à la politique
à s'emparer de ces deux paffions, à les
nourrir et à les diriger avec tant d'art
et de fageffe dans le coeur des citoyens,
qu'elles ne puiffent produire que des
effets favorables à la profpérité nationale
et au bonheur des particuliers.

Quant au célibat des prêtres, je conviendrai sans peine qu'il a ses inconveniens, comme la plûpart des institutions humaines; mais si ses inconveniens sont moindres, comme il est aisé de le prouver, que les avantages qui en résultent, il faudra convenir aussi, que ceux qui le blâment ne sont pas de vrais philosophes, si la philosophie est l'étude du vrai, et que le vrai, dans la morale et dans les arts, soit inséparable de l'utilité publique, comme je l'ai démontré ailleurs.

Commençons par observer que la chasteté a été en honneur dans toutes les religions, et que le célibat n'est pas particulier aux prêtres de la nôtre. La chaste *Diane* eut des autels chez les Payens. *Numa,* le sage *Numa,* institua les Vestales, et voulut que celle qui manqueroit à la loi de chasteté, ou plutôt de continence, fût enterrée vive. Les Galles, prêtres de *Cybele,* se faisoient eunuques, pour mieux honorer la Déesse. Les Poétes les plus licencieux ont honoré la chasteté.

Tibulle avoüe qu'elle plait aux Dieux: *Casta placent Superis.* Il y a chez les Chinois, les Japonois, et chez les Mufulmans des fectes, dont les prêtres font voeu de garder le célibat.

Quoique la continence ne foit point un précepte évangélique, il fuffit que le Législateur des chrétiens, placé par l'impiété même au-deffus de *Socrate*, en ait donné l'exemple, et que *St. Paul*, l'apôtre par excellence de la morale chrétienne, l'ait confeillée à ceux qui tendent à la perfection, pour que les miniftres des autels foient louables de fe l'être impofée, et que l'Eglife ait pû et même dû leur en faire un devoir indifpenfable. J'avoue qu'il eft difficile qu'un état fi contraire à la nature animale n'amene quelque défordre; mais le mariage inconteftablement en ameneroit de plus grands. Les revenus des Eccléfiaftiques n'étant que viagers, font perdus pour leur poftérité, et quand un prêtre marié et chargé d'une nombreufe famille, meurt,

avant d'avoir pû l'établir, sa femme et
ses enfans tombent non seulement à la
charge de l'Etat, mais souvent ils en
deviennent le scandale et la honte. Un
pasteur marié, quelque vertueux qu'il
soit, ne sauroit avoir le même attachement,
les mêmes sollicitudes, la même charité
pour ses ouailles, qu'un pasteur célibataire
pour les siennes. Si le premier a des
enfans, il est naturel qu'il leur donne
la préférence sur ses paroissiens, qu'il
économise et qu'il entasse, pour pouvoir
les élever et les établir; et le bien public
souffre de cette prédilection et de cette
économie naturelles.

J'ajoute que la nécessité d'un Culte
public une fois démontrée, il est nécessaire
que les Ministres des autels s'investissent
de tout ce qui peut inspirer la confiance
et le respect; et quoi de plus propre
à leur concilier l'estime et la considération,
que la pratique des vertus difficiles, que
le sacrifice et l'éloignement d'une passion
brutale, ennemie de la raison, dans les

ames fenfibl■, et capable de toutes les baffeffes et de tous les crimes, dans les ames ardentes? L'amour fenfuel eft incompatible avec la dignité, comme l'a obfervé un poëte ancien, dont la morale n'étoit rien moins que févere,

Nec in una sede morantur
Majestas et amor. *Ovid.*

Il convient que les organes de la parole divine foient purs; que les dépofitaires des chofes faintes foient faints; et il ne leur eft pas impoffible de l'être, et de vaincre en ce point les mouvemens de la nature. La pureté, la fainteté, ont en elles-mêmes les moyens de fe foutenir. Les défirs toujours reprimés s'accoutûment à ne plus fe montrer, et l'habitude de la vertu en rend la pratique facile. Il eft dans la nature de l'homme religieux d'aimer, en fait de morale, ce qui eft extrême et ce qui porte le caractère de la févérité. Des diverfes Sectes de philofophie, la Stoïcienne, dont les principes étoient fi rigides, fi outrés,

ſi exaltés, eſt celle qui a produit les
meilleurs citoyens, et les plus Grands-
Hommes. Le célibat, obligeant ceux
qui s'y conſacrent, par religion, à veiller
ſur eux-mêmes, à réſiſter aux tentations,
tourne d'autant plus au profit de la
Société, qu'il accoutume à la pratique
de la vertu ceux qui ſont deſtinés à en
donner des leçons et l'exemple.

L'accuſation d'intolérance n'eſt pas
plus raiſonnable, que les autres. La
néceſſité d'un Culte dominant en fait une
de l'intolérance civile, la ſeule, dont les
ennemis du culte catholique puiſſent ſe
plaindre, puiſque l'intolérance religieuſe
n'a pour objet que les conſciences.
Comme il n'y a point de religion qui
en reconnoiſſe une meilleure qu'elle, il
n'y en a point qui ne ſoit intolérante
par principe. Si la nôtre condamne tous
ceux qui ne ſont pas dans ſon ſein, de
fait ou d'intention, c'eſt qu'elle eſt reſtée
attachée au dogme qui a étendu le
Chriſtianiſme ſur toutes les parties du

globe ; et ce dogme, quelque révoltant qu'il paroiffe, aux yeux d'une raifon médiocre et peu politique, finira par anéantir tous les fchifmes, et juftifiera la prédiction de l'Homme-Dieu, qui a dit, qu'il viendroit un tems, où il n'y aura fur la terre qu'une même religion, *una fides*, qu'un feul bercail, *unum ovile*, comme il n'y a qu'un foleil qui l'éclaire. J'ofe même dire, que la Révolution actuelle n'aura pas peu contribué à l'avancement de cette réunion des cultes dans un feul. Déjà, à la vue des défordres, des crimes, des attentats et des calamités, enfantés par l'efprit d'impiété, les Miniftres des différens cultes et les vrais politiques, fentant que la force religieufe fe trouve dans l'unité de la foi, ont tous fait des voeux, et quelques uns même, des démarches, pour la réunion des Eglifes divifées, et, quelque difficile que paroiffe cette réunion, je fuis perfuadé que l'accord de trois ou quatre Princes avec un homme de génie, fuffiroit pour l'opérer. Quoiqu'il en foit, les Régisseurs des Etats, jaloux d'y établir ou conserver l'ordre, la concorde et la prospérité, ne doivent jamais perdre de vue le mot de l'Apôtre des Nations, *unus Deus, unus Dominus, una Fides.* Si leurs devanciers eussent été plus pénétrés de la sagesse de cette maxime, que de troubles, de deuils et de sang, ils eussent épargné à l'Allemagne, en étouffant la voix des Novateurs!

A propos de tolérance, ce seroit ici l'occasion, Peuple Français, de relever les erreurs et les mensonges que *Voltaire* vous a débités sur cette matière, et d'indiquer à vos Maîtres présens et futurs la marche, jusqu'à-présent ignorée, qu'il convient de suivre, relativement aux objets de religion, pour assurer la tranquillité dans l'Etat; mais de crainte que cette Lettre ne devienne trop volumineuse, je me bornerai aux observations qui exigent le moins de développemens.

L'amour de soi et des choses pour soi que l'homme apporte en naissant, et dont

il ne peut fe défaire qu'en ceſſant de
vivre, lui fait haïr ce qui contrarie ſes
ſentimens et ſes idées. Il ne ſupporte
qu'avec peine que les autres ne ſentent
et ne penſent pas comme lui, et lorſqu'il
n'eſt pas l'eſclave d'autrui, il en eſt le
tyran :

> Car tous tant que nous sommes,
> Linx envers nos pareils, et taupes envers
> nous,
> Nous nous pardonnons tout, et rien aux
> autres hommes.

D'après cette diſpoſition naturelle, qui
n'eſt rien moins que favorable à l'eſprit
de tolérance, peut - on raiſonnablement
eſpérer qu'une religion quelconque tolère
des idées contraires à celles qu'elle enſeigne?
„Des Anges mêmes, dit l'Auteur d'*Emile,*
„ne vivroient pas en paix avec des hommes
„qu'ils regarderoient comme les ennemis
„de Dieu.“

Les Payens, Grècs et Romains, furent
intolérans, par zèle pour leur religion

et par principe politique, quoiqu'on se soit efforcé de vous persuader le contraire. *Diagoras* le Molien, ayant fixé son séjour à Athenes, et y professant l'athéisme, fut déféré aux magistrats et n'évita la mort que par la fuite. Le Gouvernement Athenien le condamna par contumace, et décerna un talent à quiconque le tueroit, en quelque lieu que ce fut, et deux talens à celui qui l'ameneroit vivant à Athenes. Vingt ans auparavant, les Atheniens avoient jugé *Protagoras* avec la même rigueur, accusé seulement d'avoir douté de l'existence de Dieu. On peut citer encore l'exemple de *Socrate*, condamné à boire la ciguë, pour avoir méprisé les Dieux qu'honoroit la République, et celui d'*Aristote*, qui, pour avoir tenu à des opinions contraires à la religion de l'Etat, s'enfuit à Calchis et y finit ses jours, dans la crainte de subir le sort de *Socrate*. *Platon*, le divin *Platon*, vouloit qu'on punît les athées de cinq ans de prison. ,,Ils seront ,,ensuite mis en liberté, dit-il; mais,

„„s'ils fe rendent de nouveau coupables
„„du même crime, ils feront punis de
„„mort."

Chez les Romains, par une loi des
douze tables, il étoit expreffément défendu
d'introduire et d'honorer d'autres Dieux que
ceux de l'Etat : *Deos peregrinos ne colunto.*
Cette loi, obfervée fous les Rois, fut
renouvellée par la République. *Mécène,*
l'ami d'*Auguste,* confeilloit à ce Prince,
dans le fage Difcours qu'il lui adreffa,
pour le détourner d'abdiquer l'Empire,
de ne jamais fouffrir aucun changement
dans la religion, et d'obliger chacun à fe
conformer au culte établi. *Vous le devez,*
lui difoit-il, *par politique autant que par*
piété; car qui méprise les Dieux ne
respecte rien. Voilà l'intolérance par
principe clairement établie. Pour prouver
qu'elle l'étoit par les faits, il fuffit de
citer, d'après *Tacite,* le Décret rendu
par le Sénat, l'an 19. de notre Ere,
pour purger l'Italie de la religion des
Egyptiens et des Juifs, fans avoir befoin

de rappeller ce que les Empereurs ont fait souffrir de persécutions et de tourmens aux Chrétiens jusqu'au Règne de *Constantin*.

Et puis, qu'on vienne encore vous dire, d'après *Voltaire*, que les Grècs et les Romains ne furent point intolérans; qu'*ils laissèrent une liberté entière à toutes les religions; qu'il n'y a pas sur la terre un seul exemple de Philosophes, qui se soient opposés aux loix du Prince* *)!

Ne vous y trompez pas, mes chers Compatriotes, les Prédicateurs de la tolérance font moins les amis de l'Etat, que les ennemis de la religion dominante et de toute religion. Rien n'est, en effet, plus funeste à la religion, que la diversité des cultes. Au milieu de tant de Sectes autorisées ou permises, la foi diminue chez les uns, s'altère et se corrompt

---

*) La voix du Sage: Oeuv. de Voltaire, tom. XXXIX.

chez les autres, s'éteint tout-à-fait chez le plus grand nombre.

Pour fentir les dangers de l'autorifation d'un culte différent de la religion dominante, chez une Nation auffi vive, auffi fujette à s'emporter, auffi fulphureufe, que la nôtre, il fuffit de fe rappeller l'Edit de Nantes. Quelles furent les fuites de cette Loi auffi impolitique, qu'injurieufe à l'Eglife et à l'Etat? Altercations continuelles entre les Catholiques et les Proteftans; querelles fcandaleufes entre les Prêtres et les Prédicans; déclamations et libelles reciproques qui tendoient à la déftruction de la foi; troubles et divifions, injures et batteries dans les lieux mi-partis, plaintes et féditions, mépris de l'autorité, que dirai-je? tous les maux qui peuvent affoiblir un Etat, favorifer le crime, détruire la Société.

Falloit-il laiffer fubfifter ces défordres qui déchiroient la France et faifoient le malheur de fes habitans? Toute l'Europe a longtems retenti des cris des Calviniftes contre la Révocation de ce funefte Edit, contre la fuppreffion de cette pomme de difcorde. Les Philofophes du fiècle ont appuyé ces murmures des raifonnemens de leur politique *). A les entendre,

---

*) Nous sommes fachés de voir l'auteur du Cours de Littérature ancienne et moderne, s'unir à ces Philosophes, malgré sa conversion. En parlant de l'oraison funèbre du chancellier Letellier, il blâme ce Magistrat d'avoir eû part à la Révocation de l'Edit de Nantes, qu'il appelle une grande faute contre la politique, une erreur, qui fut, ajoute-t-il, celle de presque toute la France, et même de Bossuet. La postérité, continue-t-il, plus légèrement encore, a pensé autrement; et l'on convient aujourd'hui, que cette grande faute contre la politique en étoit une aussi contre le véritable esprit du Christianisme. Cette citation est une nouvelle preuve, que les principes de la politique ne sont pas aussi familiers

l'Edit de Nantes fut, de la part d'*Henri IV*, un acte de sagesse et d'humanité, et la Révocation un acte d'imprudence et de barbarie. Mais qu'on lise les Mémoires particuliers du tems, ceux même des

---

au citoyen L a h a r p e, que ceux de la littérature. Mais comment un nouveau Converti, témoin et quelque tems victime des travers et des atrocités du Siècle, a-t-il pû lui accorder une supériorité de raison sur celui de L o u i s XIV, relativement à la Révocation de l'Edit de Nantes? On voit, par ce passage et par beaucoup d'autres de son C o u r s, que nous pourrions citer, qu'il ne s'est pas entièrement dépouillé du vieil homme, et l'on seroit tenté de croire, que s'il se trompe rarement dans ses jugemens littéraires, c'est qu'il a mieux profité des observations répandues dans les ouvrages de D e s f o n t a i n e s, de F r é r o n, de l'abbé M a l l e t, de B a t t e u x, de M a r m o n t e l, de C l é m e n t de Dijon, et de celui de Genève etc., que de la lecture des bons Auteurs politiques et moralistes.

Calviniftes; qu'on life les Lettres particulieres d'*Henri IV*, les Arrêts du Confeil
d'Etat, les Edits fucceffifs de *Louis XIII*
et de *Louis XIV*, et l'on fe convaincra
du peu de confiance, qu'on doit avoir
dans les Ecrits de *Voltaire*, de *Raynal*,
et des autres ennemis de l'Autel et du
Trône; Ecrits qui ont préparé et amené
la Révolution actuelle; Ecrits vagues et
fuperficiels, où l'on tranche du légiflateur
et du patriote, avec des maximes auffi
fauffes que féditieufes; Ecrits qui ne
renferment ni vues, ni folidité, et qui
ne laiffent dans l'efprit qu'un fouvenir
confus de décifions impérieufes, d'anecdotes
controuvées, de traits malins contre la
religion; Ecrits enfin, que leurs propres
Auteurs auroient effacés avec des larmes
de fang, s'ils avoient été les témoins
des défordres et des calamités, dont leurs
difciples ont fouillé et furchargé leur
Patrie.

Il n'eft pas donné à l'homme d'être
froid et indifférent fur les chofes qui

l'intéreffent vivement, et rien n'affecte plus fon amour-propre que fes opinions, furtout fes opinions religieufes. Le Juif, le Catholique, l'Anglican, le Luthérien, le Calvinifte, le Déifte, l'Athée même, fe plaignent ou fe maudiffent mutuellement, felon qu'ils fe trouvent plus ou moins en rivalité; et de l'habitude de plaindre et de maudire, au défir de convertir et d'exterminer, il n'y a qu'un pas. On a beau dire, que le monde s'eft éclairé, et que l'efprit philofophique a détruit jufqu'aux germes des guerres de religion *):

---

*) Sans parler du Decret de la Convention qui défendoit aux foldats de faire grace à l'ennemi, qui rendoit les armes et demandoit quartier, il fuffit de citer le maffacre des Miniftres Français à Rastadt, le plus horrible des attentats publics, qui aient été commis en Europe, depuis qu'elle eft civilifée, pour prouver, que les lumières philofophiques ne nous ont pas rendus plus humains. „L'archiduc „Charles, dont on doit honorer le „caractère, dit M. de Meilhan, et le

L'horrible conduite de vos Révolutionnaires prouve évidemment que l'athéisme lui-même est impuissant contre l'exaltation des sentimens et des idées, et que la Philosophie a ses persécuteurs, ses *Procustes,* ses *Torquemada* et ses *Des-Adrets,* sans

---

„colonel S z é k e l y, qui paroit un officier „loyal, attribuent, dans leurs rapports „officiels, ce forfait à un pillage, à une „indiscipline d'avant-poste. Pourquoi „donc n'a-t-on pas au moins exigé que „Vienne punit et déshonorat ce corps? „C'eut été une foible satisfaction, qui „ne l'eut point humiliée. J'admire et „bénis plus que personne le Traité de „Luneville, mais le meurtre de Rastadt „y laisse une lacune, dont la postérité „demandera la raison." Cette raison se trouve dans la corruption générale. O J. J. R o u s s e a u, tu avois plus que raison de soutenir contre toute l'Europe littéraire, que la culture des sciences et des lettres contribue plus à corrompre les moeurs qu'à les épurer !

Note de l'Editeur.

avoir des Martyrs, comme les autres Sectes.

Au surplus, les Auteurs les plus ennemis de la Religion ont reconnu la nécessité de l'intolérance. ,,Si les Jésuites, dit *Voltaire* dans son propre Traité ,,*de la tolérance*, ont débité des maximes ,,coupables; si leur institut est contraire ,,aux loix du Royaume, on ne peut ,,s'empêcher de *dissoudre* leur Compagnie ,,et d'*abolir* les Jésuites" *).

,,Lors-

---

*) Cette maxime est non seulement intolérante, mais intolérable, injuste, et étoit atroce, dans le tems qu'elle fut publiée. Le Souverain d'un Etat monarchique ou républicain n'a pas le droit de dissoudre une Congregation de religieux, depuis longtems établie, dans l'Etat, par l'autorité des loix; mais il peut l'abolir, en abrogeant les loix qui lui permettent de se perpetuer par des recrües ou des novices. Une loi ne pouvant avoir un effet retroactif, ne peut par conséquent,

„Lorsqu'on annonce au Peuple, dit *Diderot*, dans ses *Pensées philosophiques*, „un *dogme* qui *contredit* la religion

---

sans être tyrannique et subversive du pacte social, priver le moindre des sujets ou des citoyens des droits qu'un Souverain légitime lui a accordés. Un homme, qui, pour embrasser l'Etat religieux, a renoncé, sous l'autorité des loix, à ses biens patrimoniaux, au mariage, aux plaisirs mondains, doit jouir, sa vie durant, des avantages qu'il a achetés par ces sacrifices, et nulle puissance n'a le droit de l'en priver, sans son consentement, s'il ne s'est pas rendu personnellement coupable de quelque crime, qui emporte la peine de mort civile. Les Souverains et les Tribunaux qui ont dissous, depouillé, banni les Jésuites de leur domination, n'en avoient pas plus le droit, quand même quelques uns de ces religieux auroient été coupables, qu'ils n'ont celui de dissoudre, de depouiller et de bannir, toute autre Corporation, ne fut-ce que celle des bouchers, quand même quelques uns d'entre les bouchers se seroient rendus

„dominante ou quelque *fait* contraire
„à la tranquillité publique, justifia-t-on
„fa miffion par des miracles, le gouver-

---

coupables des plus grands crimes. Ces
idées, que notre auteur a le premier
développées, dans ses Observations
morales et politiques, publiées en
179!, et qu'il a rappellées dans sa Lettre
précédente, pour prouver l'ignorance du
Siècle sur les matières de Législation,
ces idées, dis-je, sont plus que suffi-
santes, pour faire sentir la fausseté et
la barbarie de la maxime de Voltaire.
On a vû ce même Apôtre de la Philosophie inviter l'impératrice Catherine II
à s'emparer des possessions Européennes
du Grand Seigneur, sous prétexte de
faire revivre les sciences et les arts, dans
des pays, où jadis ils prirent naissance
et furent portés à la perfection. Bien
que les Socrate, les Platon et les
Aristote, n'aient point connû la morale
chrétienne, ils n'ont eu garde d'en
prêcher aux Periclès et aux Alexandre une pareille à celle de l'oracle
et de l'idole du 18e. Siècle.

Note de l'Editeur.

„nement a droit de sévir et le peuple
„de crier *crucifige!*"

L'Auteur du fameux *Contract social*,
dit, en parlant de la Religion de l'Etat,
„que, sans pouvoir obliger personne à
„en croire les dogmes, le Souverain
„*peut bannir* de l'Etat quiconque *ne les*
„*croit pas.* . . . . . Que si quelqu'un,
„ajoute - t - il, après avoir reconnu
„publiquement ces dogmes, se conduit
„comme ne les croyant pas, qu'il soit
„*puni de mort.*"

Et puis, qu'on ose vous dire encore,
Peuple Français, que la tolérance, que
la liberté des pensées, est un des droits
de l'homme, et que l'intolérance à l'égard
des incrédules et des Sectes différentes
de la Religion *de l'Etat*, est une injustice
et une barbarie!

Pour peu donc que votre premier
Magistrat soit prévoyant et sage; pour
peu qu'il ait à coeur d'assurer votre

9 *

tranquillité, et d'écarter ce qui pourroit
la troubler, il s'efforcera de relever
l'arbre de la Religion de vos Pères, que
des Législateurs avides et imprévoyans,
à l'exemple des Sauvages du Canada,
ont abattu et presque déraciné, pour
en arracher les fruits et même l'écorce.
Il tachera de lui rendre sa premiere
vigueur, et se donnera bien de garde
de planter auprès de lui l'arbre de l'hérésie,
qui n'a produit que des fruits tachés
de sang humain, et qui lui enleveroit
une partie des sucs nourriciers, dont il
a besoin, pour réparer ses pertes.
Quand les Calvinistes formeroient la
vingtième, la quinzième, ou même la
dixième partie de la Nation, faudroit-il
leur sacrifier le repos de la France? En
leur accordant la liberté du Culte, qu'ils
refusent eux-mêmes aux Dissidens, dans
tous les Pays où ils sont les Maîtres,
ce seroit augmenter leur nombre, et
diminuer les motifs qui pourroient les
attirer à la Religion dominante; ce seroit
entretenir dans l'Etat une source féconde

de divifions, de moyens de réfiftance,
de foulevemens, de guerres civiles; ce
feroit, en un mot, vous replacer dans
la fituation facheufe, où fe trouvoit
l'Etat, avant la Révocation de l'Edit de
Nantes, laquelle, quoiqu'en aient dit
vos Philofophes, acheva d'arracher la
racine des factions, et de donner à
l'intérieur la tranquillité, que les Diffidens
avoient troublée, pendant les cinq Règnes
précédens, avantage bien capable de
compenfer les pertes que cette abrogation
occafionna. ,,Elle détermina, dit le
,,véridique et fage *Fenelon, le plus grand*
,,*nombre* des Proteftans à faire abjuration;
,,les autres s'y préparerent, en affiftant
,,aux prières et aux inftructions de l'Eglife.
,,Tous envoyerent leurs enfans aux Ecoles
,,catholiques. Ceux de Paris, qui n'avoient
,,plus *Claude* pour les amenter, *donnerent*
,,*l'exemple de la soumission.* Les plus
,,entêtés fortoient du Royaume, et avec
,,eux, *la semence des troubles.* Leur
,,retraite *coûta moins* d'hommes utiles

,,à l'Etat, *que ne lui en enlevoit une*
,,*année de guerre civile.*"

Quoique la politique, d'accord avec
la religion, conseille d'interdire aux
Calvinistes la publicité du Culte, il ne
s'ensuit pas qu'il faille leur refuser les
droits de citoyen, ni leur interdire
(comme on le pratique à leur égard et
à l'égard des Catholiques, dans les pays,
où la Religion luthérienne est la dominante),
le droit d'acquérir des terres ou des
maisons, sous leur propre nom. Il ne
s'ensuit pas non plus qu'on doive
employer les persécutions, pour les faire
rentrer dans le giron de l'Eglise - mère.
Qu'importe à l'Etat ce qu'ils croient,
pourvûqu'ils ne cherchent pas à le faire
croire aux autres ? La religion se persuade,
et ne se commande pas ; les erreurs
demandent des instructions, et non pas
des punitions *). Ce n'est pas la croyance,

---

*) Telle étoit aussi la doctrine de Fénélon,
dans sa Direction pour la con-

mais la féduction et la révolte, qu'on
doit punir. Il fuffit à l'Etat, que les
formes nationales foient obfervées et
refpectées. La violence, d'ailleurs, fait
d'un homme prévenu un hypocrite, s'il
eft foible, et un martyr, s'il eft courageux.
Il eft abfurde de perfécuter, au nom
d'une religion qui recommande la douceur,
qui fait de la charité le plus important
de fes préceptes, et dont l'Inftituteur
fut le plus débonnaire, le plus pacifique,
le plus indulgent des Légiflateurs.
L'interdiction de tout exercice public de
leur croyance eft une voie très-efficace,

---

science d'un Roi. „Sur toute chose,
dit-il, „ne forcez jamais vos sujets
„à changer de religion. Nulle puissance
„humaine ne peut forcer le retranchement
„impénétrable de la liberté du coeur.
„La force ne peut jamais persuader les
„hommes; elle ne fait que des hypocrites."
Quoique la raison soit toujours la raison,
elle a ici bien plus d'autorité, sortant
de la bouche non suspecte d'un Ministre
de l'Eglise Romaine.

à la longue, pour en arrêter les progrès
et la détruire peu à peu. Qu'on leur
ferme l'entrée aux principales charges,
aux premières dignités : c'est un moyen
sûr de les désabuser d'une secte si
préjudiciable à leurs intérêts. Dans une
situation pareille, il n'y a que la foi la
plus vive qui soutienne les coeurs : elle
s'affoibliroit bientôt chez des Catholiques
traités de la sorte : des Hérétiques, qui
conviennent, d'ailleurs, qu'on peut se
sauver dans la religion de leurs pères,
seroient-ils plus persévérans ? Dans les
pays Autrichiens et Prussiens, où il est
permis aux Juifs de s'établir, presque
tous ceux de cette religion, quand ils
sont devenus riches, ne tardent pas
d'embrasser la religion de l'Etat, pour
jouir de la plénitude des droits de citoyen
et ménager à leurs enfans les moyens
d'arriver aux dignités. Pour hâter ces
conversions, on peut ajouter à l'interdiction
des charges l'augmentation des impots, en
usant néanmoins en cela de plus de
modération et d'équité, que n'en ont

obfervé les Anglois à l'égard des Catholiques d'Irlande, et que n'en obfervent les Etats Luthériens à l'égard des Juifs. Il n'eft pas injufte que des fujets difcoles, à qui on laiffe la jouiffance et la propriété de leurs biens, malgré leur défunion du Culte public, foient un peu plus chargés d'impots, que les citoyens foumis à la religion de l'Etat.

Ce plan de conduite, foutenu dans tous fes points, et dont on ne fe départiroit en rien, eft le feul qui puiffe être avantageux à la France. Une autre conduite, foit qu'on ufe de rigueur ou d'indulgence, ne fauroit remplir les vués d'un gouvernement fage et jaloux de maintenir dans fa force le reffort falutaire de la religion.

Tout fe fuit et tout fe tient, dans l'ordre moral et politique. La néceffité d'un Culte exclufif emporte le befoin d'un tribunal de Cenfure, pour les écrits publics. Le Culte ne pourroit fe foutenir, ſans la ſurveillance du gouvernement à l'égard des eſprits qui influent le plus ſur l'opinion. La liberté de publier ſes penſées, autoriſée par vos *Solons*, et promulguée dans la fameuſe *Déclaration des droits*, eſt un des délires de la Révolution, ſur lequel on ſera forcé de revenir, comme ſur tous les autres. Si les pharmaciens, les droguiſtes et tous ceux qui ſe mêlent de diſtribuer publiquement des remèdes, ſont ſoumis à une certaine police, de crainte qu'ils n'abuſent de l'ignorance et de la crédulité du peuple, pourquoi ceux qui ſe mêlent d'écrire, ou qui en font leur métier, ne ſeroient-ils pas aſſujétis à cette même police? Le gouvernement eſt-il moins intéreſſé à empêcher l'empoiſonnement des eſprits, que celui des corps? Ne ſuffit-il pas d'un *Linguet*, d'un *Mirabeau*, d'un écrivain hardi et tant ſoit peu éloquent, pour ſéduire et tourner plus de têtes, que cent bons Auteurs ne pourroient en redreſſer et remettre à la raiſon?

Puisque le Chef actuel du Gouvernement
sent la nécessité de la religion, et qu'il
s'occupe du rétablissement du culte, d'où
vient souffre-t-il, que, jusques dans les
gazettes et les placards, on prêche, à Paris,
l'athéisme, et qu'un Astronome pensionné,
dont les sentimens et les idées sont en
raison inverse de la sublimité des objets
de son art, s'efforce de vous persuader,
que la croyance en Dieu est une *erreur
fatale*, qu'il est important de combattre?
Ce n'est pas par de pareilles inconséquences,
qu'on parvient à rétablir l'ordre dans un
Etat, ni à consolider un gouvernement
illégitime. Il est vrai que des mains
qui ont contribué à briser les liens
sociaux, sont peu propres à les renouer,
et qu'on a mauvaise grace et toujours
de la peine à proscrire une licence à
laquelle on doit son élevation. Quelles
que soient les intentions du premier Consul,
et quel que soit son pouvoir, il sera
toujours vrai de dire, que vouloir rétablir
la religion, et souffrir que ceux qui n'en
ont pas, osent s'en vanter publiquement,

et se mocquer de ceux qui en ont, c'est vouloir rendre la santé à des malades, et permettre qu'on les abreuve de liqueurs empoisonnées. Espérer que ceux à qui l'on apprend à ne pas respecter les Dieux, respectent les loix de leur pays, dans la personne de ceux qui gouvernent, c'est se flatter que des enfans, élevés à braver leurs parens, en respecteront l'autorité. Pour plier les hommes à l'obéissance et à leurs devoirs, il faut commencer par rattacher les devoirs aux principes, qui en font l'appui naturel.

Un autre reproche que la politique est en droit de faire à *Buonaparte*, c'est de montrer pour les Jacobins la même indulgence ou la même foiblesse, que pour les Philosophes. Cette conduite, qui décele une médiocrité de génie ou de pouvoir, ou entraînera sa ruine, ou prolongera les malheurs de la Nation.

Cromwel, sentant qu'un des moyens les plus sûrs pour affermir son usurpation, étoit de rétablir l'empire de la justice, sans lequel aucun gouvernement ne peut longtems subsister, choisit, pour remplir les places les plus importantes de l'Etat, des hommes connus par leur intégrité, et que la violence des événemens n'avoit pû détourner du chemin de l'honneur. Il mit à la tête des tribunaux judiciaires le célèbre *Hales*, qui avoit constament refusé de prêter le serment civique et de reconnoître la légitimité du nouveau gouvernement. On sait qu'après s'être utilement servi, dans le commencement de la Révolution, de quelques mauvais sujets, il eut soin ensuite de les écarter des emplois qui demandent la confiance publique, et qu'il les remplaça par des sujets restés fidèles à la famille royale, et par ceux, dont les mains n'avoient point été souillées d'acquisitions de biens confisqués.

Buonaparte a pris une autre route. Devenu, le 18. brumaire, le maître de la Révolution, au lieu de l'arrêter, il a continué de marcher avec elle. Pouvant faire la loi aux zélés Républicains, qui ne l'ont jamais aimé, et se débarasser des Jacobins, qui l'ont toujours haï, il a ménagé les uns et les autres, et les a placés dans les emplois les plus impor-tans, se bornant à déporter les plus forcenés. Or, s'il a de bonnes intentions, le moyen qu'il puisse les réaliser, lors-qu'il s'est mis, pour ainsi dire, à la merci de ceux qui ont intérêt de prolonger le règne de l'injustice et de l'iniquité? Mais comment se persuader qu'il ait jamais eû le projet de rétablir la monarchie légitime, lorsqu'il a laissé échapper l'occasion la plus favorable pour y réussir? Et comment parviendra-t-il à se faire Roi lui-même, sous quelque titre que ce puisse être, lorsqu'au lieu de creuser un abyme au torrent révolutionnaire, il s'est embarqué sur ce torrent, et s'en laisse emporter? Car, malgré tout l'appareil de grandeur, d'hommages, d'honneurs, dont il est entouré, il n'y a que le vulgaire qui ignore qu'il est plus dominé qu'il ne domine, et que, femblable à la plûpart des Princes, il regne et ne gouverne pas. Les vrais Gouvernans ne lui ont abandonné que la partie des affaires extérieures; encore n'y a-t-il pas d'ambaffadeur de la République, dans les Cours étrangeres, qui n'ait auprès de lui un explorateur jacobin. Ceux qui ont des crimes à fe reprocher; la plûpart de ceux qui fe font enrichis des dépouilles des victimes de la Révolution; et un grand nombre de ceux qui vivent du gouvernement actuel, fe croyant intéreffés au foutien de la République, et jugeant qu'il eft impoffible d'y maintenir l'ordre et la fûreté, fans la réunion des pouvoirs dans une feu. main, confentent qu'il exerce cette forte de Dictature; mais s'il vouloit en ufer, dans un fens oppofé à leurs vûes, il ne tarderoit pas d'éprouver de la réfiftance, et c'eft ce qui eft déjà arrivé, quand il a voulû favorifer les prêtres infoumis, et placer dans les emplois des ci-devant nobles foupçonnés d'attachement aux anciens principes. I doit s'attendre que les Philofophes et les Jacobins, envifageant avec effroi le retour de la religion et de la juftice, continueront de contrarier fes vuës, tant qu'ils le pourront. Ils font trop clairvoyans, pour ne pas fentir que s'il vient à bout de rétablir le Culte catholique dans fes anciens droits, de reffufciter la Nobleffe, et d'obtenir lui-même les priviléges de la Royauté, il ne feroit qu'un paffage à la Monarchie légitime. Il ne pourroit être, en effet, que cela. Une Nation, qui, dans l'excés du fanatifme religieux, a préféré de faire fa paix avec un Prince hérétique, plutôt que de fe laiffer gouverner par un Prince illuftre, et chéri du Peuple et des Grands, mais d'un fang étranger, cette Nation ne peut fe faiffer longtems gouverner par un fimple gentilhomme italien, quelque mérite qu'il ait d'ailleurs, et moins encore par ceux, qui, avec moins de gloire que *Buonaparte*, feroient dans le cas de lui fuccéder. Penfer autrement, ce feroit méconnoître le génie français; et fi le premier Conful ne le fent pas lui-même, il confirme l'obfervation d'*Asdrubal*, qui difoit, dans le Sénat de Rome, qu'on voit *ravement la bonne fortune être la compagne d'un bon esprit.* Non, tant qu'il exiftera des *Bourbons*, les Français n'obéiront que forcement à un Etranger, fut-il d'une des plus anciennes Maifons Souveraines de l'Europe. Roi pour Roi, le Peuple, dans fon bon fens, et les efprits cultivés, dans leur fang froid, préféreront toujours les Defcendans d'*Henri IV* et de *Louis XIV* à d'autres Princes, et, à plus forte raifon, à ceux qui ne font pas Princes.

Puifque donc vous ne pouvez être tranquilles et heureux, que par le retour de la Royauté légitime, pourquoi, mes chers Compatriotes, n'éleveriez-vous pas votre voix, pour demander au Gouvernement le rappel de *Louis XVIII?* Le moment eft favorable: la Paix appelle la Juftice, fa fœur. Que les amis de ces deux Divinités bienfaifantes s'uniffent;

qu'ils faffent entendre leurs voeux au
premier Conful, aux généraux, aux officiers
de l'armée, jaloux d'affermir leur fortune,
et de donner un nouvel éclat à leurs
lauriers, et bientôt tous les braves
s'emprefferont de feconder des voeux fi
louables. Il feroit beau de voir tous les
bons Français fe coalifer, pour donner à
l'Europe le fublime et touchant fpectacle
d'une Nation, longtems égarée, mais
généreufe, confpirant elle - même avec
courage contre fes vices, abjurant fes
erreurs et fes injuftices, et s'efforçant
de les réparer par tous les moyens
compatibles avec l'honneur et l'humanité.
Pourquoi les gens de bien et ceux qui
ont le défir de le devenir, ou qui en
éprouvent le befoin, ne formeroient-ils
pas une ligue contre les méchans et les
pervers qui s'oppofent au rétabliffement
de l'ordre et au bonheur national? Ne
vous feroit-il donné, Peuple Français,
de n'avoir de l'efprit que pour détruire,
du courage que pour fervir l'immoralité,
de l'énergie que pour perfécuter la fidélité

et l'innocence, de la générosité qu'à l'égard des impies, des sacrilèges et des scélérats ? Si, pour réformer quelques abus, que le tems avoit introduits dans une vaste administration, et quelques restes de féodalité, que le gouvernement lui = même cherchoit à faire disparoître, vous avez crû devoir vous insurger contre l'autorité légitime, pourquoi craindriez-vous de vous insurger contre des administrateurs décriés, qui protègent des abus plus intolérables, des vexations plus criantes, qui vous tiennent courbé sous le poids d'une multitude d'impots inconnus dans l'ancien régime, et qui ôtent à celui qui a conquis l'autorité les moyens de vous soulager dans votre misère ? Des hommes, auteurs ou fauteurs de loix injustes et iniques, qui ont répandu ou fait répandre le sang de leurs concitoyens, et professé la maxime, que *l'insurrection est le plus saint des devoirs,* pourroient-ils se plaindre de l'insurrection des amis de l'ordre et des braves de l'armée, contre une administration qui

les prive de leur Roi et de leurs pasteurs
légitimes ? A Dieu ne plaise, Peuple
Français, que je veuille vous porter
à vous venger, par des cruautés, de
ceux qui vous en ont fait commettre
par leurs séductions ; mais si, d'après
leurs propres maximes, il est permis de
délivrer la patrie des hommes qui la
déshonorent et la tyrannisent ; si

Le devoir le plus saint, la loi la plus
chérie,
Est d'oublier la loi, pour sauver la
patrie ;

dequoi pourroient se plaindre les ennemis
connus de la Religion et de la Royauté,
si vous les faisiez *lanterner* ou *guillotiner*,
ou *fusiller*, ou *mitrailler*, ou *noyer* par
couples ? *Le sang* d'anciens avocats,
d'anciens procureurs, d'anciens courtands
de boutique ou de bureau, *est-il donc
si pur, qu'on n'en puisse verser*, pour
le bonheur de la Nation ? *est-il donc*
plus précieux que celui des anciens Curés,
des anciens Magistrats, des Nobles, et

que celui des *Carignan*, des *Césars* et
des *Bourbons* ? La fortune, les maisons
de plaisance, les terres de ces nouveaux
enrichis, sont elles mieux acquises et
plus sacrées, que les richesses des anciens
financiers, confisquées au profit de la
Nation, et que les 282 châteaux, qu'on
a incendiés et démolis, par leur ordre
ou par leurs insinuations ? . . . . .

Ce parallèle, que je pourrois étendre
plus loin, ne m'est inspiré par aucun
esprit de vengeance, ni d'animosité.
Bien que tout Français, expatrié par la
révolution, soit en guerre ouverte contre
les Gouvernans qui ont rompu avec lui
le pacte social, et que, réduit par eux,
dans l'état de nature, il lui soit permis
d'user de tous les moyens de leur nuire,
ce n'est point la révolte, mais le repentir
que je prêche ; ce n'est point du sang
que je désire de faire verser, mais des
larmes. Je pense, qu'on peut et qu'on
doit rendre la santé à un malade déjà
affoibli, sans recourir à la saignée, quand

il n'y a plus d'inflammation, et c'eſt ici
le cas. Que les corrupteurs, les aſſaſſins,
les bourreaux de ma patrie, écoutent la
voix de la raiſon; qu'ils ſortent d'eux-
mêmes, pour ſe mettre à la place des
victimes échappées à leurs fureurs; qu'ils
conſultent l'intérêt de l'Etat; qu'ils aient,
en un mot, le courage d'être juſtes,
et tout rentrera bientôt dans l'ordre,
ſans avoir beſoin de recourir aux meſures
violentes, dont ils ont donné l'exemple.
Voilà ce que leur propre intérêt, et le
bien-être de leurs enfans conſeillent
même aux plus coupables. Tant que la
Révolution durera, nul d'entre eux,
quelque puiſſant qu'il ſoit, ne peut ſe
promettre de n'en être pas la victime.
Ils doivent craindre qu'un fanatiſme oppoſé
à celui qu'ils ont ſoufflé, ne s'empare
de l'armée, et que dans la vue d'expier
des atrocités qui l'ont ſouillée, la France
ne s'en permette de nouvelles, contre les
auteurs et les fauteurs de ſes égaremens.
Tout le monde conviendra, qu'il y a
moins loin du premier Conſul, faiſant

la paix avec l'Angleterre, à *Buonaparte*,
traîné par les Français à l'échafaud; que
du Roi de France, convoquant les Etats-
généraux, pour le foulagement de fon
peuple, à *Louis XVI*, conduit fous le
fer infernal de la guillotine, par les
Repréfentans de ce Peuple. Et qu'on ne
dife pas que la Révolution eft finie:
une Nation eft encore en révolution,
lorfque fon Gouvernement, affis fur des
loix manifeftement en oppofition avec le
droit fondamental des propriétés, n'eft
pas fixe, et qu'il ne fe foutient que par
des mefures, des actes, et des décrets
arbitraires et tyranniques; lorfque ce
Gouvernement ne peut donner aucune
garantie aux Citoyens, ni aux Puiffances
qui traitent avec lui; lorfqu'il ne repofe
que fur la tête d'un feul homme, dont
la chûte violente ou naturelle peut amener
les plus funeftes changemens, le triomphe
du jacobinifme, la guerre civile ou
extérieure, le règne même de la terreur.
Cela dépendroit du fucceffeur de *Buonaparte*,
fi toutefois il en avoit un, et du dégré

de confiance, que l'armée et la Nation auroient en lui.

Cette instabilité et les dangers qui peuvent en résulter, pour le dire en passant, font voir, que les Princes Souverains ne sont pas moins intéressés que vous, Peuple Français, au rétablissement du Roi. En lui redonnant l'existence politique, vous sauverez la leur; en lui rendant son héritage, vous affermirez leurs droits et la fortune de tous les grands propriétaires nobles. Je le dis pour l'instruction des étrangers, qui liront cette Lettre, et par zèle pour l'humanité, aucun Potentat, aucun grand Seigneur, ayant encore quinze ans à vivre, ne peut se flatter de transmettre ses possessions territoriales à ses enfans ou à ses héritiers présomptifs, si le Trône français n'est légitimement rétabli, si l'on ne vient à bout d'étouffer l'esprit philosophique, et de révolutionner les têtes, dans un sens contraire à cet esprit, qui promet des sceptres aux ambitieux,

les

les premières places aux intrigans, plus de confidération et de fortune aux gens de Lettres. On l'a dit, mais on a, malheureufement befoin de le redire, tous les Trônes de l'Europe, fans excepter celui de l'hyperboréenne Ruffie, font contenus dans le Trône de la France; il eft la clef de la voûte royale; il les affermit tous par fon exiftence, et les ébranle tous par fon abfence. Qu'on tarde encore quelques années à le rétablir, et bientôt tous les autres tombent fucceffivement. Il faut fonger, que de tous les peuples les Français font celui, dont l'efprit et l'imagination ont le plus de mobilité, celui, dont les moeurs, les modes, les idées et la langue, font le plus recherchées. Il faut obferver auffi, qu'en France l'efprit révolutionnaire et jacobite eft féparé du Gouvernement, et qu'on peut être en paix avec celui-ci, fans l'être avec l'autre. D'ailleurs quelle confiance peut infpirer à des Cabinets, tant foit peu fages, un Gouvernement illégitime et fans fixité? Mais fuppofons que *Buonaparte* ait l'intention et le pouvoir d'être fidèle aux Traités, et qu'il vienne même à bout de confolider le Gouvernement, les Princes en feront-ils plus avancés et leur chûte moins à craindre? - Au contraire, plus le Gouvernement ufurpé s'affermira, et moins ils pourront être raffurés contre l'efprit philofophique et révolutionnaire *). Les fuccès qu'il a déjà obtenus en Hollande, en Suiffe et dans le Milanois, doivent naturellement en faire efperer de pareils aux efprits exaltés des Capitales des autres Etats. A la vuë des ambaffadeurs de ces Républiques et de tous les riches voyageurs, redevables de leur fortune à la Révolution, les philofophes et les

---

*) „Quoi de plus redoutable pour les „ennemis de la République, que l'affer-„miffement du Gouvernement français?" Disc. de B a r r a s, alors Préfident du Directoire, à B u o n a p a r t e, Porteur de la ratification du Traité de Campo-Formio.

petits politiques regnicoles défireront un fort pareil, et trouveront dans les philofophes de Paris et dans les membres mêmes du Gouvernement, des amis, des alliés et des correfpondans, difpofés à favorifer leurs projets fubverfifs. Les mécontens des Cours et les étrangers de tout rang, attirés en France par l'amour des plaifirs ou par celui des arts, y puiferont le goût de l'indépendance, le mépris des honneurs et de l'honneur, la méfeftime des Princes; et le luxe des parvenus, le fafte de la Cour d'un ufurpateur, les richeffes de fes parens et celles de fes favoris, ne leur laifferont voir que le côté féducteur d'une Révolution, pour laquelle les feules ames fortes et vraiment religieufes conferveront de l'horreur. Or, depuis que, par la facilité des communications et la multiplicité des gazettes, les nations fe font éclairées et corrompues, et que, par la propagation de l'efprit philofophique et des nouvelles maximes, le dernier des citoyens s'eftime autant que le premier, les peuples ne

10 *

font plus que des monceaux de matières inflammables, que le moindre choc, la plus petite fecouffe peut allumer et embrafer. Il ne faut qu'un mécontentement, qu'une féduction, pour porter une armée entière à fe tourner contre l'autorité légitime. Le mal eft venu de la France, et la France le perpétuera, fi la France elle-même n'en fournit le remède. Elle eft le prototype des autres Etats. Que l'évènement condamne la Révolution; que *Louis XVIII* foit reconnu Roi par les autres Rois; qu'il rentre dans fon héritage et dans tous les droits royaux; qu'en un mot, l'ordre foit rétabli en France, et bientôt cette France, inftruite par le malheur et toujours enthoufiafte, exaltera la Royauté, vantera les principes monarchiques, en répandra les maximes dans toute l'Europe, les confacrera dans les productions du génie et dans les monumens des arts; elle profcrira et ridiculifera les *Mercier*, les *Soulavie* *), les *Lalande*,

---

*) Ce prêtre, apostat et marié, dont le nom est aussi abhorré, à Génève, que

déjà en déteſtation et en mépris à tous les gens honnêtes et ſenſés; et l'opinion, ainſi changée, on verra la Royauté, la Nobleſſe et la Religion reprendre, dans l'empire de cette Reine du monde, la conſidération et le reſpect qui leur ſont dus.

Après cette obſervation, que j'ai crû devoir me permettre en faveur des politiques étrangers, je reviens à vous, mes chers Compatriotes; et je dis que, quand votre Gouvernement auroit la ſtabilité qui lui manque, et qu'il n'obtiendra jamais de la Conſtitution conſulaire, il ne pourroit

---

celui de Collot-d'Herbois, à Lion, écrivain sans principes, comme citoyen sans mœurs, après s'être vanté, dans une Proclamation adressée par lui aux Puissances étrangères, d'être du nombre des Jacobins, dont Brutus est le Patron, vient de publier un ouvrage, où il se montre le partisan des Maximes monarchiques.

Note de l'Editeur.

jouir d'une tranquillité durable, que fous
un Roi légitime. On doit, en effet,
s'attendre, que, tant qu'il exiftera des
Bourbons, l'aîné fera, comme de raifon,
des efforts, pour rentrer dans fon héritage,
et il trouvera toujours quelque appui,
ouvert ou caché, parmi les ennemis
naturels de la France, pour y entretenir
l'efprit de faction et de trouble. Affoiblir
fon ennemi par tous les moyens reçus;
le combattre par l'addreffe, la rufe, la
corruption, quand on n'a pas la force
en main, eft un fentiment commandé par
l'intérêt politique, et autorifé par le
droit de nature, envers les infracteurs
du contract civil. On ne peut juftifier,
en aucun fens, l'ufurpation, je pourrois
dire, de la Couronne, mais je dis feulement, des domaines patrimoniaux, de
l'efpèce de ceux qui (comme le Dauphiné,
la Bretagne, la Navarre) ne font pas
le fruit de la conquête, et à l'acquifition
desquels la Nation n'a aucunement con-
couru. S'il eft permis au Gouvernement
de priver la Famille Royale des biens

antiques qui lui appartiennent, par mariage
ou par donnations libres, il n'y a pas
de citoyen que ce même Gouvernement
ne puisse, à plus forte raison, dépouiller
sans procès, du bien de ses pères.
Qu'on ne dise pas, que le Frère de
Louis XVI est coupable d'émigration :
car, en outre qu'il est notoire qu'il
n'est sorti du Royaume, que pour sauver
sa vie et épargner un attentat de plus
à la Nation, je répondrois que l'auguste
Fille de *Louis XVI,* son héritière naturelle,
n'a quitté sa patrie qu'avec le consentement
solemnel des Magistrats. Mais, aujourd'-
hui, que la Nation sent la nécessité du
gouvernement d'un seul, quelle raison
peut-elle avoir de priver *Louis XVIII,*
je ne dis plus de ses domaines territo-
riaux, mais de la Domination de la France?
Ce ne peut être, mes chers Compatriotes,
par amour pour la liberté, dont vous
êtes plus las que vous ne l'étiez sous
l'ancien régime, de ce que vous appelliez
servitude. Sans avoir besoin de parler
des emprunts forcés, de la loi des

requifitions, ni de celle de la confcription,
vous conviendrez, que, depuis le
renverfement du Trône, vous n'avez en
aucun tems été auffi libres, que vous
l'étiez auparavant. Ce ne peut être non
plus par haine pour le defpotifme:
jamais aucun de nos Rois, fans en
excepter *Louis XIV*, n'eut, comme vos
gouvernans, le funefte pouvoir d'engloutir
jufqu'au dernier des jeunes gens dans
l'abyme dévorant de la guerre, et aucun
n'eut pû prendre fur lui, de priver de
leurs biens des fujets exempts de crime,
ni de déporter des criminels, fans un
procès préalable. Ceux qui ont crû
donner la liberté à leur pays, ont perdû
la leur, et n'ont fait que changer
leurs chaines, pour en prendre de plus
pefantes. Seroit-ce par efprit d'économie?
Outre que *Louis XVIII* a puifé cet efprit
là, comme fon ayeuil *Henri IV*, à l'école
de l'adverfité, vous ne pouvez difconvenir,
que le gouvernement actuel ne dépenfe
plus en fix femaines, que l'ancien régime
ne dépenfoit en fix mois. Depuis douze

ans, le tréfor public n'a pas ceffé d'être
le tonneau des Danaïdes. Le luxe de
vos nouveaux enrichis l'emporte fur celui
des Financiers et des Nobles de l'ancien
régime. Il femble donc que Maître pour
Maître, mieux vaut le légitime, et que
fafte pour fafte, celui des Princes et des
Grands feroit pour vous plus tolérable,
que celui des Parvenus.

Craindriez-vous que *Louis XVIII*
n'exerçât de juftes vengeances contre les
fpoliateurs et les affaffins de fa Famille?
Quand cette crainte feroit fondée, devriez-
vous y avoir égard? Sans compter que
les plus coupables n'exiftent déjà plus,
et ont fubi leur punition par la main
même de leurs complices, qu'importe
à la Nation le fort de quelques fcélérats,
qui l'ont avilie et rendue malheureufe,
et qui ne font fortis de leur obfcurité,
que pour devenir l'exécration des gens
honnêtes? Elle devroit en faire juftice
elle-même, et les repouffer de fon fein,
comme la mer, après les orages et les

tempêtes, rejette sur le rivage les ordures
et les écumes qui la souillent. Mais,
quelque criminels que soient ceux qui
ont voté la mort du vertueux *Louis XVI,*
ils n'ont rien à craindre de son légitime
Successeur. Quand il n'auroit pas solem-
nellement promis l'oubli du passé, étant
lui-même victime de la Révolution, il
ne se montreroit pas moins généreux,
moins magnanime, moins religieux, que
son illustre Frère, qui a non seulement
pardonné à son Peuple et à ses bourreaux *),

---

*) On sait, mais il n'est pas inutile de le
rappeller ici, que L o u i s XVI, monté
sur l'échafaud, prononça d'une voix haute
et ferme ces paroles mémorables: Je
meurs parfaitement innocent de
tous les prétendus crimes, dont
on m'a chargé. Je pardonne à
ceux qui sont la cause de mes
infortunes. Je désire, que
l'effusion de mon sang contribue
au bonheur de la France. Et
vous Peuple infortuné. . . . .
Santerre, l'infernal Santerre, fit

mais qui, jufques dans fon Teftament de mort, recommande à fon Fils, *s'il avoit*, difoit - il, *le malheur de devenir Roi, d'oublier toute haine et tout res- sentiment.* J'ajoute, et vous ne l'ignorez pas, que, quand la religion et l'honneur ne feroient pas à *Louis XVIII* un devoir d'une amniftie générale, la politique et le malheur des circonftances lui en feroient une néceffité. O aviliffement de la condition Royale! Un Roi fe trouve forcé, par l'imprévoyance des Rois, de ménager les détracteurs des Rois, et les affaffins connus d'un Roi!

Ainfi donc, Peuple Français, je ne vois que les ennemis de l'ordre et du bonheur national, qui puiffent s'oppofer au rétabliffement de la Monarchie pure et entière; et comme il vous eft facile de vaincre leur oppofition, je ne doute

alors couvrir la voix de cette illuftre et sainte victime, par le bruit des Tambours!

pas que vous ne profitiez de la première occafion favorable, pour porter vos Gouvernans à rappeller de fon long et douloureux exil *Louis XVIII*, digne, par fes lumières, fes fentimens et fes vertus, du fang et du fceptre de *Louis IX*, qui, felon l'expreffion de *Montesquieu*, *fit monter avec lui fur le Trône la foi, la juftice et la grandeur d'ame*; de *Charles V*, qui mérita le furnom de *sage*, pour avoir rétabli la concorde parmi les Princes de l'Europe, et maintenû la tranquillité dans fes Etats; de *Louis XII*, furnommé *le père du peuple*; de *François I*, le Reftaurateur des lettres, et le fondateur de la politeffe françaife; du valeureux et bon *Henri IV*, dont le nom feul reconcilieroit avec la Royauté; de *Louis XIV*, qui a mérité le nom de *grand*, et qui a donné celui de fon Règne à fon fiècle; et, je ne crains pas d'ajouter, de *Louis XV*, dit *le bien aimé*, puifque la Nation ne fut peut-être jamais auffi heureufe, que durant les trente premières années de fon Règne, et que dans le tems, où elle l'a été le moins, son sort étoit encore millefois préférable à celui qu'elle éprouve anjourd'hui. Cette vérité, réconnue des Jacobins eux-mêmes, fait seule le procès à la Révolution et à ses continuateurs. *Supere aude: incipe.*

Je suis, etc.

LETTRE V.

à M. Buonaparte, *Général en chef de l'armée française, en Italie* *).

Leipzig 19. Mai 1797.

Monsieur le Général,

Un observateur assidu des orages politiques de l'Europe, et des mouvemens maladifs de la France, caché, depuis près d'un an, dans un marais du Nord.

---

*) C'est ici la Lettre, dont il est parlé page 47. de ce Recueil. On n'y a fait aucun changement, si non qu'on en a retranché, ainsi que de celles qui suivront, les objets inutiles à l'instruction publique. L'Auteur, prévoyant, dès 1797, et c'est voir d'assez loin, que Buonaparte se rendroit le Maître de la Révolution, et pourroit rétablir l'ordre en France, et ayant decouvert, par le plus grand des de la Germanie, ofe, du fond de fon obfcurité, mêler fa voix au Concert de louanges, qu'on vous addreffe des lieux les plus élevés. Mais, comme cet

---

hazards, un complot contre les jours de cet heureux Prédestiné, crut devoir l'en avertir, par un exprès qu'il s'empressa de lui depêcher. Quand l'évènement n'auroit pas justifié son pressentiment, son action, quoiqu'il soit Royaliste, n'en eut pas été moins bonne, aux yeux de celui qui voit tout, ni moins honnête, aux yeux des hommes qui connoissent les vrais principes de l'esprit social. Ces vrais principes nous ont paru parfaitement développés, dans un nouvel Ecrit de M. l'Abbé Sabatier, que nous possedons, mais que nous nous sommes engagés de ne publier qu'après la rentrée de l'Auteur en France. On en devinera les raisons, par le seul exposé du tître: „Lettre sur l'avenir de l'Europe, sur l'ignorance des Politiques modernes, et sur l'aveuglement des Princes: où l'on expose les vrais principes du Gouvernement, et où l'on prouve que le meilleur obſervateur eſt un Français exilé, et, qui pis eſt, l'auteur des *Trois Siècles littéraires*, il craindroit de ſe réunir aux tributaires de votre gloire, s'il n'avoit à vous dénoncer une ſorte de conſpiration, qui vous intéreſſe perſonnellement, et s'il n'étoit ſurtout raſſuré par la certitude, que vos ſentimens ſont dignes de l'élevation de votre fortune.

Si la Révolution a entrainé des calamités et des crimes, elle s'en eſt, comme rachetée, par les vertus héroïqu « et les talens extraordinaires, qu'elle a développés. On avoit ſurtout beſoin de vos ſuccès, pour faire pardonner notre

---

de tous est le Gouvernement monarchique abſolu." Il n'est pas inutile d'ajouter, que cette Lettre, qui aura au moins 200 pages d'impreſſion, a pour Epigraphe ce paſſage de Lactance: „Audendum est, ut illustrata veritas pateat, multique ab errore liberentur."
Note de l'Editeur.

fiècle à la poftérité. Quelque grands
que foient nos travers, ils étonneront
moins nos defcendans, que les merveilles
de votre génie et de votre fageffe.

Pourquoi faut-il, Monfieur le Général,
qu'après avoir arraché la France à
l'opprobre, et l'avoir peut-être préfervée
de fa diffolution, vous ayez encore des
ennemis parmi les Français? La gloire,
vous le favez, attire l'envie, comme
l'aimant attire le fer, et l'envie ourdit
des intrigues, invente des noirceurs et
fufcite des perfécutions. La France vous
dreffe des Statues, et le Gouvernement
des embûches. Je viens de découvrir
par . . . . . . arrivé hier de Bâle . . . . .
. . . .
. . . .

Comme il ne dépend pas plus de moi
de réfifter à l'intérêt que vos talens et
vos vertus m'ont infpiré, qu'à l'admiration que je vous dois, je me fais un
devoir de vous inftruire de ma découverte.

Ne pouvant vous écrire par la poste, sans courir le risque de me rendre suspect au Gouvernement qui me donne l'hospitalité, et ma situation actuelle ne me permettant pas de voyager, j'ai eû le bonheur de déterminer un honnête homme (M. de R . . . ., Conseiller au Parlement de Nancy), de faire le voyage d'Italie, pour vous porter ma Lettre. Telle est son amitié pour moi et sa vénération pour vous, que, quand il ne seroit point dédommagé de ses frais, il n'y auroit aucun regret, s'en croyant, m'a t'il dit, récompensé par le plaisir de voir un grand Homme.

Quant à moi, Monsieur le Général, je voudrois vous marquer l'attachement, que je vous ai voué, par des services plus essentiels que celui-ci, s'il étoit possible; et, j'ose le dire, si jamais le fort me rapprochoit de vous, peut-être ne serois-je pas inutile au maintien et même à l'augmentation de votre gloire. Ayant atteint l'âge, où les passions

prennent comme conseil de la raison;
plein d'observations, non seulement mini-
stérielles, mais politiques; et riche de
quelques rapports moreaux et financiers
jusqu'à - présent inapperçus, il ne me
seroit pas difficile de fournir à l'activité
de votre génie de—nouveaux moyens
d'étonner l'univers et de tracer dans le
champ de l'histoire un sillon, moins
pénible et plus profond encore, que
celui de vos exploits. Et véritablement,
Monsieur le Général, je suis en état
de vous convaincre, qu'il est possible
de donner irrésistiblement à l'esprit social
une direction nouvelle et la plus avan-
tageuse aux Peuples et aux Princes; et
qu'il est très-aisé d'imprimer en un seul
jour à la France, et, par contre-coup,
quelque tems après, à toutes les Monarchies de l'Europe, une forme de
gouvernement nouvelle, quoique monarchique, plus solide qu'aucune de celles
pratiquées jusqu'à nos jours, invariable,
et même indéstructible, si quelque chose
d'humain pouvoit l'être. Ce qui vous

paroîtra encore plus incroyable, quoique
très - vrai, c'est que la publication de
mon idée, qui est très-simple, suffiroit
pour la voir se réaliser, parceque,
(et ce trait peut la faire deviner),
toutes les armées conspireroient à son
exécution, depuis le simple soldat,
jusqu'aux généraux en chef. Tous y ont
un égal intérêt *). . . . .

---

*) L'idée, dont il s'agit est la solution
du problème politique, qui a été quelque
tems l'objet des méditations de l'Auteur
du Contract social, et dont il parle
dans une de ses Lettres au Père de
l'Ami des hommes-et de l'ennemi
des Rois, si l'on peut donner ce
dernier nom au fameux Comte de
Mirabeau. Voici ce problème, dont
la solution est la chose du monde la
plus simple, la plus facile à être mise
en exécution, et qu'il est vraiment
étonnant qu'on n'ait pas encore pratiquée.
,,Trouver, dans le gouvernement Royal et
absolu, une forme de succession qui ne
soit ni élective, ni héréditaire, ou plutôt

Je fais que je ne fuis qu'un nain;
mais un nain, monté fur la tête des
géans, peut voir plus loin qu'eux, et
faifir des rapports qu'ils n'ont pas
apperçus. C'eft en étudiant les écrits
et en comparant les idées des *Machiavel*,
des *Haringthon*, des *Hobbes*, des *Montes-*
quieu, des *Rousseau*, des *Mably*, que
je fuis parvenu à découvrir de nouvelles
vérités. Leurs lumières m'ont fervi à
connoître leurs erreurs. . . . .

---

qui foit à la fois l'une et l'autre, et par
laquelle on s'assure, autant qu'il est
possible, de n'avoir ni des T i b e r e, ni
des N é r o n." Tout cela se trouve dans
l'idée, dont il s'agit, et si elle devient
jamais publique, tous les Gouvernemens
non démocratiques seront infailliblement
forcés, par les armées, de la mettre en
pratique.

LETTRE VI.

A Mgr. l'Evêque de St. Paul de Leon, *Administrateur des secours pécuniaires, accordés, par le Gouvernement d'Angleterre, aux Prêtres français déportés.*

Erfurt en Thuringe,
20. janv. 1801.

Monseigneur,

Je connois vos lumières et vos vertus. La Renommée a pris soin aussi de m'instruire du crédit, dont vous jouissez auprès du Gouvernement anglois. C'est, Mgr, ce qui me détermine à m'adresser de préférence à votre Grandeur, pour obtenir de ce Gouvernement les moyens de faire imprimer l'Ouvrage le plus capable de remonter les esprits au ton de la soumission, et de ramener les coeurs à l'amour des principes religieux et monarchiques. Tel est du moins le jugement qu'en ont porté tous les gens lettrés, à qui j'en ai communiqué le manuscrit. Vous en penserez peut-être de même, Mgr, quand vous saurez qu'à l'ordre et à des *Notes* près, cet Ouvrage appartient en entier au génie le plus profond et le plus éloquent de notre tems, au célèbre *J. J. Rousseau*. C'est un choix méthodique de tout ce que cet Auteur a écrit de plus sain, de plus instructif, en faveur de la religion, de la morale, du gouvernement monarchique, et de plus saillant contre les incrédules, les novateurs et les démocrates. Cette Compilation, où les sources des morceaux qui la composent sont toujours indiquées à la marge, prouvera invinciblement que l'illustre Citoyen de Génève, bien qu'on se soit servi de ses écrits pour renverser l'ancien ordre des choses, est l'ennemi le plus déterminé des maximes qu'on a mises en avant, pour anéantir les rangs et établir le républicanisme.

Et véritablement, les Révolutionnaires n'ont pas vû ou voulû voir, que le *Contract social* n'eft qu'une Utopie, un roman politique, où l'homme eft confidéré, non tel qu'il eft, et qu'il fera toujours, mais tel qu'il devroit être, et qu'il ne fera jamais, tant qu'il aura des paffions. *Rousseau* en convient lui-même, dans fes écrits poftérieurs, et dans le *Contract social* même, en avouant (Liv. III. ch. 4.) qu'il n'a jamais exifté de véritable démocratie, qu'il n'en exiftera jamais, qu'un peuple de Dieux peut feul être gouverné démocratiquement. *Un gouvernement si parfait, ajoute-t-il, ne convient pas à des hommes.*

Pour donner plus de cours à ma Compilation, je ne me fuis pas borné, dans mes extraits, aux feuls objets religieux et politiques : j'ai cherché à la rendre intéreffante pour toutes les claffes de lecteurs, par la variété des matières, autant que par le choix des morceaux. J'y ai joint des *Notes*, qui, s'il faut en croire

croire ceux qui les ont luës, ne font pas indignes du texte, et contribueront même à le faire rechercher, par les vérités courageuses et les idées politiques peu connues, dont elles font parfemées.

Cet Ouvrage a pour titre: *Le véritable esprit de J. J. Rousseau, Citoyen de Genève, ou choix d'observations de principes et de maximes, sur la morale, la religion, la politique et la littérature, tiré des Oeuvres de cet Ecrivain, et accompagné de Notes de l'Editeur.* Il formera deux bons vol. in 12, ou trois in 16,

Depuis plus de deux ans qu'il est terminé, j'en ai propofé l'acquifition aux principaux libraires d'Allemagne, mais inutilement: les uns l'ont refufé, parcequ'ils ne font pas dans l'ufage d'acheter des manufcrits français; les autres, parcequ'il est dirigé contre les opinions nouvelles, ce que je n'ai pas cru devoir leur laiffer ignorer.

Dépouillé, par la Révolution, de quatre pensions, que j'avois en France, dont une de mille écus sur l'Economat, et, par une persécution jacobine, de la fortune, plus considérable, que je m'étois faite en pays étranger; ayant, depuis trois ans, à peine le nécessaire, vous croirez facilement, Mgr., que je ne suis pas dans le cas de faire imprimer le dit ouvrage à mes frais. Cependant les amis de la bonne cause, qui sentent, combien il est urgent d'épurer les idées publiques, et de quel poids est l'autorité de *Rousseau*, auprès des gens de lettres et des gens du monde, désirent d'en voir la publication. D'après leurs instigations, j'en ai donné connoissance au gouvernement Autrichien, en écrivant successivement à deux de ses principaux Ministres: l'un et l'autre ont gardé le silence. Je l'ai fait connoître ensuite à M. le Baron d'*Albini*, qui a toute la confiance de l'Electeur de *Mayence*. Ce Ministre-Général, après m'avoir donné d'abord quelques espérances, a fini par ne plus

répondre à mes lettres, et par dire
à un de mes amis, qu'il n'y avoit déjà
que trop de livres, pour que fon Maitre
crut devoir contribuer à en augmenter
le nombre. M'étant enfin adreffé au Roi
de *Prusse*, comme plus intéreffé que
beaucoup d'autres Princes au retour des
anciennes maximes, fa Majefté m'a fait
une réponfe évafive, en ne s'attachant
qu'à une de mes phrafes purement
acceffoire, comme vous le verrez par fa
lettre, que je joins ici en original.
Cependant j'avois fait entendre à ce
Monarque, que, dans le pays, où je fuis,
où la main d'oeuvre eft à bon marché,
une cinquantaine de Carolins fuffiroit
pour une premiere édition de fix ou huit
cent exemplaires. Mais telle eft l'économie
et tel l'aveuglement de la plûpart des
Cours allemandes, que toute dépenfe qui
n'a pour objet, que l'intérêt général,
leur paroit déplacée.

Dans cette occurrence, connoiffant la
fageffe et la générofité du Gouvernement

anglois, je m'adresserois à l'un de ses Ministres, si je pouvois me flatter, que ma lettre fut mise sous ses yeux, et que ses occupations lui permissent d'y avoir égard. Mais ne pouvant douter, Mgr., de votre zèle pour la bonne cause, c'est à vous que je crois devoir donner connoissance de mon travail; et si, d'après les détails, où je suis entré, vous vous décidez à solliciter du ministère les fonds nécessaires pour le faire imprimer, il n'est peut-être pas inutile, que vous fassiez observer au Ministre auquel vous vous adresserez, combien il est important, même pour l'Angleterre, de rétablir le règne des anciens principes, et combien peut y contribuer la réunion de tout ce qu'un Ecrivain, tel que *Rousseau*, qui passe pour *Philosophe*, et qui est né *Republicain*, a écrit en faveur de la Religion et de la Royauté.

On ne peut, en effet, se dissimuler, que l'opinion ne soit très-défavorable aux Prêtres, aux Nobles et aux Rois

eux - mêmes, depuis que, par l'imprévoyance des Gouvernemens monarchiques,
le sceptre de cette Reine du monde est
passé dans les mains des Gens de lettres.
Il s'agit aujourd'hui de le leur reprendre;
et comme on ne tire pas des coups de
fusil aux idées, n'en déplaise à M.
d'*Albini*, et qu'on ne combat l'opinion
qu'avec ses propres armes, ce n'est que
par les Livres et les gazettes, qui sont
son artillerie, qu'on peut se flatter de la
vaincre. Le cours des évènemens suit
toujours le cours des idées générales:
il est donc indispensable de changer
celles - ci.

Or, qu'il me soit permis de le dire
ici; c'est ce que les Puissances ont parû
ignorer. Elles ont fait la guerre aux
Révolutionnaires, et non à la Révolution,
qui, tous les jours fait des progrès,
dans les pays, où elle n'a pas étendu
ses ravages. Son esprit vit même encore
dans les Etats qu'elle a le plus maltraités.
. . . .

Il étoit naturel, que l'Angleterre cherchat à se venger de la France : elle le pouvoit et le devoit, politiquement parlant ; mais elle s'est méprise sur les moyens. Elle a laissé prendre trop de confistance à l'esprit philosophique, et donné trop d'activité à l'esprit révolutionnaire : et il dépendoit d'elle d'étouffer l'un et l'autre. Mais les Ministres, obligés par état de représenter et d'agir, n'ont pas le tems de penser et de tout appercevoir. Aussi le Ministère Britannique a-t-il jusqu'à-présent manqué son but, puisque, d'un côté, il a éprouvé des révoltes jusques sur ses flotes, et que, de l'autre, la France est devenue plus grande, plus puissante, qu'elle ne l'a jamais été, et que le plus ambitieux de ses Princes n'eut osé l'espérer. Tant il est vrai, que, dans les tems de fermentation générale et de révolution, la comnoissance de l'homme est plus importante que celle des hommes, à ceux qui font à la tête des Etats. Par la connoissance du coeur humain, on mene les

individus, et par celle de l'efprit humain,
on mene les peuples. Un Miniftre qui
réunit l'une et l'autre, a le fil de tous
les labyrinthes politiques. . . . . . .

Puifqu'à propos d'une fimple Compilation, mais utile aux moeurs publiques,
je me fuis laiffé entraîner à des obfervations fur les évènemens préfens et
futurs, trouvez bon, Mgr, que je
m'ouvre entièrement à Vous, et que
j'obéiffe à une forte d'inftinct qui me dit,
que vous êtes l'homme que la providence
a choifi, pour me réconcilier avec la
fortune, en me mettant à portée de
donner à l'illuftre M. *Pitt* de nouveaux
moyens d'exciter l'admiration de l'Europe
et la reconnoiffance de fa Patrie. Vous
ne douterez pas, Mgr, que je ne fois
en état de les lui fournir, fi vous daignez
m'entendre jufqu'à la fin. Mais avant
d'articuler les objets de l'utilité, dont
je puis être à ce premier Miniftre, je
dois, pour ne pas vous paroître infenfé
et même fou, vous donner préalablement

une idée de mon genre d'efprit et de quelques uns de fes effets. Je tacherai de le faire fuccinctement.

Je fuis né obfervateur, et c'eft dans l'étude du coeur humain et de l'efprit focial, que j'ai furtout exercé ce goût naturel. Outre qu'une longue expérience m'a donné quelque fagacité, j'ai eû occafion de m'appercevoir, que je fuis heureux dans mes jugemens et mes preffentimens. C'eft à cette étoile, plus qu'à mes méditations, que j'attribue la connoiffance que j'ai acquife de plufieurs idées morales, importantes à l'art du Gouvernement, et jufqu'à-préfent inapperçues par les hommes d'Etat et par les Moraliftes. Elles font pourtant très-fimples; et fi elles n'ont pas été faifies par les hommes de génie, c'eft qu'en fait de nouveaux rapports et de découvertes, tout ce qui eft grand et fimple eft plus fouvent l'effet du hazard, que le réfultat des combinaifons. Et véritablement, ce ne font ni des *Descartes*, ni des *Newtons* qui ont inventé les lunettes, ni qui se font avisés les premiers de donner une enveloppe à la fumée, quoiqu'ils n'ignorassent pas, plus que M. de *Montgolfier*, que la fumée est le seul corps qui ne gravite point vers la terre.

D'après cela, Mgr, vous serez moins surpris de m'entendre vous dire, que je connois le moyen, par lequel un Souverain peut, avec moins d'un million de florins, maitriser à son gré, dans toute l'Europe, l'opinion publique, et la diriger en faveur de la Royauté, et même de la Religion, de manière qu'il seroit plus ridicule de n'être pas royaliste et religieux, au moins en apparence, que d'être aujourd'hui janséniste ou de s'habiller à la *Henri IV*; et de m'entendre vous assurer, que j'ai trouvé le secret, par lequel un Prince peut abolir, dans ses Etats, la manie des duels, sans avoir besoin de donner de nouvelles loix, ni de mettre en vigueur les anciennes, ni de faire la moindre dépense pour cet objet.

Ces deux moyens *) font très-fimples,
de facile exécution, et il eft vraiment
étonnant, qu'ils n'aient pas encore été
faifis par aucun Gouvernement; mais les
idées les plus utiles et les plus fimples
font ordinairement les dernieres apperçues,
encore le font-elles le plus fouvent par
les gens qui ne font pas du métier.
C'eft pourquoi vous ferez moins furpris,
Mgr, d'apprendre, que mon bonheur en
fait d'obfervations m'a fait découvrir,
quoique je ne fois Financier, en aucun
fens, un moyen fûr, évident par lui-
même, et de facile exécution, pour
éteindre, en peu d'années, la majorité
des intérêts d'une dette nationale, *sans
gêner d'aucune manière la volonté des*

---

*) J'ai dit celui d'attacher le déshonneur
au duel à trois différentes personnes
intéressées à me contredire, et, aucune
d'elles n'a allegué la moindre objection
contre la justesse et l'efficacité de ce
moyen, qui les a surprises par sa
simplicité.

créanciers, ni sans rien prendre sur les fonds de l'Etat.

Vous sentez, Mgr, de quelle importance peut être cette découverte pour l'Angleterre, qui a tant d'intérêts à payer. Aussi est-ce la seule de mes idées, que je ne communiquerai, qu'après être convenû d'un prix déterminé, si, comme il n'est pas douteux, elle est jugée praticable.

Mais le moyen, direz-vous, de créer une caisse constante et perpétuelle d'amortissement, sans prendre des fonds sur les revenus de l'Etat, sans établir de nouvelles charges, et sans toucher aux droits des créanciers? Voilà précisément le secret de l'idée, dont il s'agit. Je conçois, que M. *Pitt*, le plus grand Calculateur peut-être, et, certainement, le plus habile Financier connu, regardera la chose comme impossible; mais s'il daigne réfléchir, qu'avant la découverte, faite par M. de *Montgolfier*, il auroit

nié, qu'il fut poſſible d'aller, debout,
aſſis ou couché, déjeûner dans les airs
et au-deſſus des nues, ſa Seigneurie
ſera du moins forcée de ſuſpendre ſon
jugement.

Quoique la vérité de mon moyen
ſoit claire, palpable au bon ſens, et
évidente à l'eſprit le plus vulgaire, je
pris ſur moi, dans le tems que je la
découvris, de la communiquer, ſous la
foi du ſecret, à un Allemand de mes
Amis, qui avoit travaillé ſept ans dans
une banque célèbre, et qui doutoit un
peu de la juſteſſe de mon idée. A peine
la lui eus-je dite, que frappé de ſon
évidence et de ſes réſultats, il s'écria,
ſans me donner le tems de lui expliquer
la manière de l'exécuter : ,,Votre fortune
,,eſt faite ! Et quand vous demanderiez
,,trente mille Guinées au Miniſtère anglois,
,,une telle ſomme ne lui paroîtroit pas
,,trop forte. Si ce moyen, ajouta-t-il,
,,eut été connu de *Law*, ou de M. de
,,*Calonne*, votre Gouvernement n'auroit

,,pas fait banqueroute, fous le *Regent,*
,,et n'auroit pas eû befoin d'affembler
,,les Notables, fous *Louis XVI!"*

D'après les confeils de cet Ami,
j'écrivis à M. *Pitt,* pour lui annoncer
cette efpèce de découverte. J'étois alors
à Leipzig, et ma lettre partit dans le
mois d'Août 1796. Etant reftée fans
réponfe, et n'ayant pas eû, depuis, les
moyens de faire commodément le voyage
de Londres, j'ai négligé, jufqu'à ce
moment, toute démarche à cet égard *).

---

*) M. l'Evêque de St. Paul de Léon,
m'ayant répondu, que, relativement à
l'impreffion de l'Ouvrage aux frais du
Gouvernement, je demandois une chose
impossible, et que, M. Pitt s'étant
retiré du Miniftère, depuis ma lettre
écrite, il étoit inutile de la lui communiquer, je me suis déterminé, quelque
tems après, à écrire au nouveau Chancellier de l'Echiquier, pour lui offrir la
communication de ma découverte; mais
cette lettre est aussi reftée fans réponfe.

J'avoue même, que j'ai fi peu d'ambition et tant de répugnance, pour les voyages, que, fans les obligations infinies, que j'ai à une Perfonne qui m'eft attachée

---

Les Ministres regardent comme chimérique toute idée qui ne s'associe pas avec les leurs. Lorsqu'un Géometre, nommé Renaud, conçut la possibilité des galiotes à bombes, et en proposa l'essai au Conseil de Louis XIV, on se mocqua de cet ingénieur, et on lui rit au nez. Cependant, malgré ce rire impéritieux, le projet réussit, et Génes et Alger en firent la triste épreuve. On sait, que, lorsque Galilée démontra, qu'il y avoit des antipodes, il ne trouva que des incrédules et des persécuteurs; que Colomb fut regardé comme un homme chimérique, quand sa pénétration lui eut fait appercevoir, qu'il devoit y avoir un autre hémisphère; que les mépris des Ministres de Philippe II, pour les idées de Jabinelli, ayant porté cet habile ingénieur à offrir ses services aux Pays-bas, alors révoltés, ne contribuerent pas peu à faire perdre les Provinces

depuis 15 ans, et qui, depuis quatre,
me fert avec un défintereffement et un
zèle vraiment héroïques, j'avoue, dis-je,
Mgr, que je me ferois abftenu de vous
entretenir de mon bonheur, en fait
d'obfervations et d'idées. Mais fi, d'après
cette ouverture, à laquelle tiennent peut-
être les deftinées de l'Angleterre, vous
jugez convenable de parler de moi à M.
Pitt, et que, d'après ce que vous lui
aurez dit, ce Miniftre me juge utile à
l'augmentation de fa gloire, je ne dois

Hollandoifes à la Maifon d'Autriche;
que le Docteur Hervei ne trouva que
des mécréans, même parmi ses confrères,
lorfqu'il fit la tardive découverte de la
circulation du fang. Les enfans rient et
se mocquent, lorfqu'on leur dit des
vérités au-deffus de leur âge; il en eft
de même des hommes, en général, et
furtout des Miniftres, que leur élevation
rend ordinairement préfomptueux: plus
les conceptions qu'on leur offre dépaffent
les bornes de leur efprit, et plus ils sont
portés à les méprifer.

pas vous-laiſſer ignorer, que, ne pouvant me ſéparer de ma bonne Gouvernante, le ſeul domeſtique que j'aye conſervé, je ne ſaurois entreprendre le voyage de Londres, ſans une gratification ou avance préalable. Quoique je jouiſſe d'une bonne ſanté, je ſuis d'une complexion délicate, et, malgré mes infortunes, il ne m'eſt pas encore arrivé de voyager par les voitures publiques, déteſtables dans ce pays - ci.

N'ayant pas l'avantage d'être connu perſonnellement de vous, je dois, Mgr, pour vous raſſurer ſur cette avance et ſur ma probité, vous dire, que je le ſuis de l'ineſtimable Princeſſe de *Chimai*, qui eſt actuellement à Londres, et dont j'ai cultivé aſſidument la ſociété, durant les deux dernieres années qu'elle a paſſées ici.

Il n'eſt pas non plus inutile de vous citer quelques particularités connues de ma vie, propres à juſtifier, à vos yeux, ce que j'ai avancé de mon bonheur ou de mon étoile en fait d'obſervations.

Eleve du célèbre *Helvetius*, qui m'avoit attiré à Paris, à l'âge de vingt ans, et lié avec d'*Alembert* et les autres Coryphées de la moderne Philoſophie, mais devenu, avec le tems, plus philoſophe qu'eux, par la connoiſſance approfondie du danger de leurs doctrines, je rompis non ſeulement avec ces auteurs, j'écrivis encore contre leurs ſyſtêmes; et croyant d'une bonne politique de commencer par décréditer leur Patriarche, je compoſai le *Tableau philosophique de l'esprit de Voltaire*, Ouvrage qui m'a valu l'honneur des ſarcaſmes et les perſécutions de ce célèbre Ecrivain.

Or, ou trouve dans l'article *Nonoté* de ce *Tableau*, imprimé en 1771, une tirade de deux pages contre le *Fanatisme philosophique*, qu'on croiroit avoir été écrite, depuis la Révolution, tant les excès, qu'il a produits ſous *Robespierre*, y ſont bien indiqués.

Dixhuit mois après, je publiai les *Trois Siècles littéraires*, où la Révolution et la plûpart de fes effets fe trouvent annoncés en vingt endroits, et prefque décrits dans les Editions fuivantes, principalement dans le *Discours préliminaire* de l'Edition de 1779, confervé dans celle de 1781.

Ce don de l'obfervation eft plus manifefte encore dans le *Tocsin des Politiques.* J'ai publié ce pamphlet à la fin de 1790. . . . . . . Les obfervations courageufes que je m'étois permifes dans cet Ecrit, contre les fautes d'imprévoyance de l'Empereur *Joseph II*, et le Discours plus courageux encore que j'ofai y adreffer à *Léopold II*, qui venoit de lui fuccéder, n'empêcherent pas celui-ci de me faire, à Prague, l'accueil le plus diftingué, dont il fut fait mention dans les gazettes, et, ce que les gazettes ne dirent point, mais ce que tous les Autrichiens favent, c'eft que *Léopold*

m'engagea à le suivre et à m'établir
à Vienne, où j'ai passé quatre ans.

Ce don de l'observation m'avoit valu,
quinze ans auparavant, la bienveillance
du Comte de *Vergennes*, Ministre des
affaires étrangeres. On fait, que, pour
m'attirer de Paris à Versailles, il me fit
espérer des pensions, et qu'il commença
par m'accorder une gratification de
douze mille francs, dont dix mille sur
les fonds littéraires de son département.
Je fus logé chez lui, non à l'hôtel,
qu'il avoit dans la ville, mais dans
l'appartement même, qu'il occupoit au
Château, et ma chambre étoit la pièce
la plus voisine de son cabinet.

Je ne citerai plus qu'un autre fait.
Dans les premiers mois de mon séjour
à Vienne, le Prince *Alexandre Murusi*,
qu'on écrit vulgairement *Mourousi*, alors
Hospodar de *Moldavie*, depuis de
Valachie, ayant entendu parler de mon
bonheur, qu'on nommoit *talent*, en fait

d'obfervations politiques, m'écrivit une
lettre fort obligeante, que j'ai confervée,
et me fit propofer, par le Grec *Jean
Russeti*, fon Beau-frère, qui me l'avoit
remife, foixante ducats par mois,
toujours comptés d'avance, fi je voulois
lui écrire, tous les huit jours, une lettre
fur les affaires du tems. J'acceptai fon
offre, et il fut fi fatisfait de mes
miffives, qu'au troifieme mois, il
augmenta de lui-même mon traitement
de vingt ducats, et trois autres mois
après, de cinquante ducats de plus,
ce qui faifoit 130 ducats par mois.
Ces détails font connus de M. de *Thugut*,
et du Comte de *Pergen*, Miniftre de la
Police de Vienne.

Or, il faut fuppofer ou de la folie
dans l'Hofpodar, ou de la fagacité dans
mes obfervations. Le fort, en effet,
fembloit fe plaire à juftifier, par
l'évènement, prefque toutes mes conjectures. Plufieurs mois avant que le
projet du fecond Partage de la *Pologne*,

fut feulement foupçonné par le Cabinet Autrichien, je l'avois annoncé à l'Hofpodar. Le Cabinet Pruffien ne m'avoit pourtant pas mis dans fon fecret. Mais ayant lù dans la gazette de Varfovie, que le Mqis de *Luchesini* avoit déclaré au Roi de *Pologne*, que la Cour de *Berlin* ne défaprouvoit pas la révolution du 3. Mai, il me vint auffitôt dans l'efprit, que cette Cour, prefqu'auffi intéreffée que celle de *Russie* au maintien de l'ancienne Conftitution, méditoit fans doute un nouveau Démembrement. Et comme ce n'étoit qu'un preffentiment idéal, pour lui donner quelque poids et le rendre plus croyable au Prince de *Moldavie*, je m'avifai de compofer, fous le nom du Comte, depuis Prince, de *Besborodko*, Vice-Chancellier de *Russie*, un Mémoire, cenfé adreffé à l'Impératrice *Catherine II*, pour démontrer à cette Souveraine les avantages pour la Ruffie d'un nouveau partage. *Il applanira*, faifois-je dire, entre autres chofes, à ce Miniftre,

la route de *Constantinople*, et en facilitera
la conquête à *V. M.*, avant la fin des
troubles, qu'amenera en Europe la Révolution française.

Ce qui est assez plaisant, c'est que
ce mémoire apocryphe, que j'avois
donné à copier à un commis de
Banquier, et qui en avoit pris une
copie pour lui-même, ayant été communiqué huit ou dix mois après, à un
Mqis de *Lav.......*, Chevalier de l'ordre
de Malthe, un peu intrigant, comme
une pièce qui dévoiloit la politique
ambitieuse de la Cour de *Russie*, ce
Marquis, s'empressa de le porter à
l'Empereur, comme une découverte et
un hommage de son zèle, et quelques
jours après, *François II* lui en marqua
sa reconnoissance par une gratification.

Ce qui n'est pas si plaisant, quoique
bien plus singulier, c'est que, si l'Angleterre ne se hâte de prendre des mesures
pour l'empêcher, le sort pourroit bien

achever de justifier la prévision du prétendu Ministre Russe. Il ne faut pas être grand prophète, pour voir ou prévoir que le Turc sera un jour chassé de l'Europe; mais si cet évènement arrivoit, avant la fin de notre révolution ou du rétablissement de l'autorité légitime en France, il faudroit convenir, que les premiers apperçus de l'auteur des *Trois Siècles*, équivalent à des inspirations.....

A ces faits, Mgr, j'aurois pû en substituer de plus surprennans, tous relatifs à notre malheureuse Révolution; mais ceux-ci sont déjà consignés dans mes Lettres imprimées, dans celle, entre autres, adressée à M. l'abbé *Madier*, Confesseur de Mesdames *Victoire* et *Elisabeth* de France. Le seul fait important, relativement à mon bonheur en observations, et que la prudence ne m'a permis de joindre à ceux rapportés dans ma Lettre à susdit Abbé, concerne la trouvaille que je fis, à Versailles, quinze jours avant l'Ouverture des Etats-généraux d'un Billet sans signature, mais écrit en entier de la main du Duc d'*Orléans*, où ce Prince manifeſtoit, dès-lors, le déſir de voir détroner le Roi, ſans doute dans l'eſpoir de le remplacer ſur le trône, puiſque ce Billet commençoit par ces quatre vers d'un Poëme trop connu de *Voltaire* :

Si j'étois Roi, je voudrois être juſte,
Dans le bonheur maintenir mes ſujets,
Et tous les jours de mon empire auguſte
Seroient marqnés par de nouveaux bienfaits.

. . . . . Cette découverte, qui eut pu ſauver le Roi et la Monarchie, reſta ſans effet. . . . . Ce qui prouve, que M. *Necker* n'étoit pas, du moins à cette époque, d'intelligence avec le Duc d'*Orléans*, c'eſt qu'ayant confié ce Billet à M. *Coster* l'ainé, premier Commis des Finances, avec lequel j'étois lié, et qui m'avoit promis de le faire parvenir au Roi, et M. *Coster* l'ayant remis à M. *Necker*, celui-ci, (ſi toutefois j'en dois croire l'honnête M. *Coster*), le préſenta effectivement au Roi, qui dit en y por-

portant les yeux, c'est l'écriture de mon Cousin. . . . .

Il est tems, Mgr, de mettre fin à cette longue lettre. Je me resume donc, et je dis: des idées font une propriété disponible, qui a sa valeur comme les autres biens; mais il n'appartient pas à tous les gouvernemens d'en connoître le prix. J'en ai fait l'expérience à l'égard de plusieurs de nos Ministres de l'ancien régime et des Ministres Autrichiens; mais M. *Pitt* est trop sage pour ignorer, que le plus éclairé et le plus heureux des hommes d'Etat n'a pas toutes les lumières, ni tous les genres de bonheur. . . . .

LETTRE VII.

à M. le Comte de TRAUTMANNSDORFF, *Chevalier de l'ordre de la Toison d'or, Ministre des affaires exterieures de l'Autriche, etc.*

Erfurt, 13. Fevr. 1801.

Monsieur le Comte,

Mes voeux font remplis. Vous voilà enfin au timon des affaires. Vous y arrivez affez tôt pour votre gloire, mais dix ans trop tard pour celle de l'*Autriche*.

. . . .

. . . .

Ne vous y trompez pas, Monfieur le Comte: en vous confiant la Direction des affaires extérieures, S. M. I. et R. n'a fait que vous ouvrir la carrière que vous avez à parcourir. Il eft un obftacle terrible, qui, si on ne se presse de le lever, s'opposera à vos succès, nuira à vos efforts, les rendra nuls, et sans doute plus malheureux que ceux de votre prédécesseur. Je connois cet obstacle, qui m'avoit fait prévoir les désastres du Ministère de M. de *Thugut*, à qui pourtant on ne refuse ni lumières, ni sagacité, et c'est pour vous ménager les moyens de triompher de ce vice du Gouvernement, que j'ai l'honneur de me présenter aujourd'hui à Votre Excellence; et comme la connoissance de ces moyens intéresse également votre gloire et le bien de l'Etat, je me flatte, que, malgré vos préventions contre moi *), vous daignerez m'entendre jusqu'au bout. . . . .

12 *

*) Quelques membres distingués d'une Société d'illuminés - Martinistes, après avoir inutilement essayé de me faire entrer dans leur Secte, m'ont fait passer pour fou, à Vienne, auprès du Gouvernement, et ayant été enfermé

.. .. .Il est bon de dire à V. E.,
que, quand le projet (du nouveau Partage
de la Pologne) fut avéré et connu, je
m'occupai, par zèle pour les intérêts de
l'*Autriche*, des moyens d'en empêcher
l'exécution. Ayant été assez heureux,
pour en découvrir un, qui fut jugé
infaillible par le Prince B....., à qui je
le dévoilai, j'en fis prévenir M. de
Thugut, par le Mqis de *Brème*, Ministre
de *Sardaigne*, qui le voyoit tous les
jours. L'exécution de ce moyen exigeoit
des frais, pour la réussite, et pour les
Courriers, qu'il eut fallu dépêcher aux
Cours de *Berlin* et de *Petersbourg*; et

comme tel, j'aurois infailliblement
succombé à mon infortune, sans la
réclamation du Prince de Kaunitz,
Chancellier de Cour et d'Etat, qui
m'honoroit d'une amitié particuliere.
M. le Comte de Trautmannsdorff
est un de ceux qui ont partagé l'erreur
du Gouvernement Autrichien sur la santé
de mon esprit, et qui ne m'ont pas paru
parfaitement revenus de leur prévention.

comme ma fortune ne me permettoit pas de faire toutes ces avances, j'avois demandé, qu'on mit à ma disposition la somme de huit ou dix mille florins, consentant à être enfermé, pour le reste de mes jours, si mon entreprise ne réussissoit point. M. de *Thugut* se contenta de me faire dire, par le même Mqis de *Brême*, qu'au lieu de dix mille florins, il m'en feroit donner vingt mille en gratification, après le succès, mais qu'il n'avanceroit rien, et la chose en resta là.

C'est ainsi, que, peu d'années auparavant, l'Empereur *Joseph II*, à qui l'on offroit de dévoiler, au prix de mille Louis, un projet tendant à soustraire de sa domination les *Pays-bas*, se vit dans la nécessité, pour avoir refusé cette somme, de dépenser plusieurs millions de florins et plusieurs mille hommes, sans pouvoir empêcher l'exécution et le succès du dit projet. Il n'est point d'observateur qui ne dise, que c'est à cet efprit de parcimonie, qu'on doit attribuer la plûpart des non-fuccès du Gouvernement Autrichien. Il eft dans les affaires, furtout politiques, un terme, où il faut néceffairement fe confier et courir quelque rifque. Le fublime de l'art de gouverner eft de favoir choifir entre les inconveniens, et la fageffe de l'homme d'Etat confifte à tout prévoir, à tout imaginer, même des fantomes, afin de fe garantir des réalités nuifibles. Ce n'eft pas, en fe montrant prévenu contre les gens d'efprit, qu'on prouve, qu'on en a plus qu'eux, ni en les taxant de folie, qu'on perfuade qu'on eft fage : c'eft en les écoutant, en pefant leurs raifons, en examinant fi ce qu'ils difent eft jufte, fi ce qu'ils promettent eft poffible. Mais il eft des penfées de prévoyance, auxquelles l'efprit des Miniftres ne s'affocie point. Ils ont befoin du tocfin des défaftres, du fouet des calamités, pour être éveillés et pour s'inftruire. Ceux de l'*Autriche*, qu'il me foit permis de le dire, ont en général le défaut d'abonder dans leur fens, et de dédaigner les pensées d'autrui, comme s'ils pouvoient ignorer, que l'homme le plus éclairé n'a pas les lumières de tous les hommes. . . . . L'*Autriche*, l'*Europe* même, ont besoin d'un *Richelieu*, d'un homme digne d'être opposé à la gravité des circonstances. L'astre qui protège les Rois décline et se cache, tandisque celui qui favorise leurs ennemis est au plus haut de son cours. L'heure qu'il est à l'horloge des évènemens est celle, où le Gouvernement Autrichien n'a plus un moment à perdre. . . . . . .

Je m'arrête, et mets par réflexion un frein au penchant que j'ai à vous servir. Il faut honorer les hommes en place à leur manière, et non à la notre, de peur de leur déplaire, en voulant leur rendre hommage. Il en est peu qui accueillent le langage austère de la vérité, parcequ'il en est peu qui soient accoutumés à l'entendre. J'attendrai donc d'être instruit de vos dispositions, avant de communiquer à Votre Excellence les obſervations, dont j'ai l'honneur de vous parler. Je vous dirai ſeulement, pour achever de remplir cette feuille, que l'attachement que j'ai voué à l'*Autriche*, ne me permettant pas de demeurer indifférent ſur ſes intéréts, m'a porté dans quelques occaſions à préſenter mes obſervations à ceux de ſes Miniſtres, que je croyois capables d'en profiter; et j'ajouterai, ſans en être aucunement humilié, qu'aucun n'a daigné me répondre. Vous pouvez, ſans conſéquence ni inconſéquence, les imiter en ceci; mais je vous connois trop bien, pour craindre, que vous les imitiez dans leur routine. Vous êtes trop clairvoyant, pour ne pas ſentir l'inutilité de l'ancienne politique, contre cette force giganteſque et extra-vagante, qui pouſſe et porte, depuis douze ans, hors de toutes les routes connues, les affaires, les hommes et les évènemens. Vous aurez l'eſprit de votre poſition; vous marcherez à la hauteur des circonſtances, et il ne dépendra que de vous de me mettre à portée de vous fournir les moyens de vaincre le mauvais génie de l'*Autriche*, et d'effacer la gloire, ou plutôt de réparer la honte de vos Dévanciers.

Je suis avec mon ancien attachement et un profond respect, etc.

LETTRE VIII.

AU MEME.

Erfurt, 17. Fevr.

Monsieur le Comte,

L'attachement que j'ai voué à l'*Autriche* et le vif intérêt, que m'inspire votre pofition, ne me permettent pas d'attendre de connoître vos difpofitions à mon égard, pour vous communiquer les idées que je vous ai promifes. . . . .

Je ne dois pas vous le cacher, ce font les meilleurs amis de la Monarchie, qui s'abandonnent à ces trifles préfages fur fon fort. Sa décadence non interrompue, depuis près d'un fiécle, fes derniers défaftres, et l'efprit d'innovation, qui travaille l'*Europe*, laiffent peu d'efpérance à leurs obfervations. Cependant,

en calculant les reſſources qui lui reſtent,
et ce que peut un génie tel que le vôtre,
ſes ennemis mêmes doivent ſentir, combien
il eſt poſſible, combien il peut même
n'être pas éloigné, qu'elle ſe relève
glorieuſe et triomphante du ſein de ſa
décadence et de ſes humiliations. Nous
vivons dans un tems fécond en évènemens
qui trompent tous les calculs de la
prévoyance. Quelque éclairés que ſoient
les obſervateurs, ils ne ſauroient déterminer ce qui arrivera; mais ils peuvent
préſenter à ceux qui gouvernent, les
conſeils et les vues de la vraie politique.
. . . .

Et véritablement, Monſieur le Comte,
dans un Gouvernement, tel qu'eſt celui
de Vienne, il eſt preſque impoſſible au
Miniſtre des affaires politiques d'avoir
un plan ſuivi, ou du moins de pouvoir
le mettre à exécution dans tous ſes points.
Pour y réuſſir, il faudroit qu'il fut
indépendant des autres Miniſtres; que
tous les autres Miniſtres lui fuſſent
ſubordonnés; qu'en un mot, il put uſer

du pouvoir Souverain, comme le Souverain lui-même. Il est le Pilote du vaisseau de l'Etat; et si le Commandant de l'équipage ne lui subordonne tous les officiers, et que ceux-ci puissent jetter les ancres ou plier les voiles à leur gré, les observations et l'habileté du *Tiphys* seront vaines, et le vaisseau sera exposé aux écueils et ne pourra résister aux tempêtes. L'Impératrice, sa Mère la Reine de *Naples*, l'Archiduc *Charles*, le Comte de *Colloredo*, les autres Grands, ne peuvent avoir d'autre intérêt que la prospérité de la Monarchie, d'autres désirs que le bien public; mais ils ne le voient pas toujours; ils sont exposés à la séduction, sujets à se tromper et à être trompés, et s'ils ont le crédit de contrarier la marche, ou une seule des vues du Ministre dirigeant, ils lui font manquer son but, et nuisent à la chose publique. Point de prospérité dans un gouvernement, sans harmonie; point d'harmonie, sans unité; point d'unité, si toutes les autorités ne sont réunies dans une même main. C'est ce qui rend un premier Ministre ſi néceſſaire, quand le Souverain ne régit pas les affaires lui-même. Qu'on y faſſe attention, ce n'eſt que ſous un Monarque gouvernant par lui-même, ou ſous un premier Miniſtre abſolu, que les Etats ont proſpéré, et ce n'eſt que lorſque le pouvoir Souverain s'eſt trouvé diviſé, qu'ils ont déchu. Le vice du gouvernement de la France, depuis la mort du Cardinal de *Fleuri*, a été le partage du pouvoir, le défaut d'harmonie dans l'adminiſtration. Chaque Secrétaire d'Etat étoit Roi dans ſon Département, et la Maitreſſe influençoit ſouvent ou plutôt gouvernoit le Miniſtre des affaires extérieures. . . . . Depuis le commencement de la Révolution, la France n'a jamais été moins malheureuſe, au dedans, et plus puiſſante, au dehors, qu'elle ne l'eſt aujourd'hui, et cela, parcequ'en aucun tems les pouvoirs n'y ont été plus concentrés. Tous les Miniſtères ſont ſubordonnés à celui de *Talleyrand*. Ce

Minière a des fonds confidérables à fa dispofition, parcequ'on n'ignore point, en France, que l'argent eft autant le nerf des affaires politiques, que celui de la guerre. Si l'on confidere le point d'où *Buonaparte* eft parti, il y a un an, et celui où il eft arrivé, on fera furpris de la force et de la vigueur que le gouvernement français a acquifes, en fi peu de tems: car c'eft le gouvernement, plus que les armées, qu'il a d'ailleurs difciplinées, qui a remporté les victoires, pris les places fortes, accordé les armiftices, déterminé les forces morales à concourir aux forces réelles, en accaparant les meilleures plumes et en intimidant les autres. Or, il faudroit être aveugle ou de mauvaife foi, pour ne pas reconnoître, que cette augmentation de force eft düe à l'unité d'action et de principes. De même, il eft aifé de voir, que les contradictions et les malheurs de l'*Autriche*, font moins l'effet de l'impéritie du Miniftère, que celui du défaut d'unité d'efprit et de conduite dans le Gouvernement......

. . . . . . Si l'on veut éviter déformais de pareilles humiliations et refermer les blessures, il est indispensable et même urgent d'investir le Ministre, à qui sont confiées les destinées de la Monarchie, d'autant d'autorité, d'autant d'indépendance, qu'il est possible, afin de le mettre à l'abri des intrigues, des contrariétés et des résistances, capables de nuire à ses desseins et à l'activité de ses mesures. L'accroissement de pouvoir conduit à l'accroissement de considération, et la considération facilite les succès. La Chancélerie d'Etat appartient naturellement à celui qui est chargé de la défense, de la sureté, de la gloire de l'Etat. Si des convenances ont empêché d'élever le Baron de *Thugut* à cette dignité, elles n'existent pas pour vous, qui, par l'illustration de votre naissance et les services de vos Ancêtres, pouvez exercer les premiers emplois de l'Etat, sans qu'aucune Caste en soit humiliée *)......
. . . .

---

*) L'Auteur ignoroit, que M. le Comte de Trautmannsdorff, n'avoit accepté

Maïs euffiez-vous plus de fagacité, de courage, de fermeté, et plus de prévoyance, que ce grand homme (*Richelieu*), fi vous n'avez, comme lui, la faculté de difpofer de toute l'autorité fouveraine, de choifir vos agens, de confirmer ou de réformer ceux que vous jugerez dignes ou indignes de votre confiance, vous devez vous attendre à échouer dans vos tentatives. Des ambaffadeurs qui ne font pas du choix ou au gré du Miniftre dirigeant les affaires d'Etat, le fervent ordinairement mal. J'en dis autant des Commis qui ont la direction des lettres de la pofte. Il ne faut fouvent qu'un avis, pour épargner de fauffes démarches, et la fuppreffion maligne d'un avis, pour nuire à la chofe publique. . . . .

Cette lettre n'eft peut-être déjà que trop longue. Je ne la terminerai pourtant

que par intérim le Porte-feuille des affaires politiques, ce qu'il apprit bientôt après, par la Réponse que lui fit ce Ministre.

pas, M. le C., fans dire à V. E., que, si vous me mettez dans le cas de vous en écrire d'autres, elles feront encore plus intéreſſantes que celle-ci. Elles vous convaincront, que fans la morgue et les dédains de vos Collegues, j'aurois épargné au Gouvernement bien des millions de florins, et bien des mille hommes, qu'il a dépenſés fans gloire et fans profit, et que je fuis en état de lui épargner encore des déſaſtres plus facheux que ceux qu'il a éprouvés dans ces derniers tems.

Quelque extraordinaire que ce langage vous paroiſſe, foyez fûr qu'il n'eſt pas exagéré. En attendant que vous en foyez convaincu par les faits, je me permettrai de dire à V. E., que l'art de la politique conſiſte moins à négocier, à contracter des alliances, à donner à la diſſimulation l'allure de la franchiſe, qu'à mettre à profit les momens, les choſes et les hommes, et qu'à employer à fon but les talens et les vertus, les paſſions et les vices, l'ignorance et les préjugés. Chaque ſiècle a fon eſprit et fon caractère. Les Miniſtres font fur la hauteur, et leur fonction eft d'obferver le cours des opinions, qui précéde et prépare toujours celui des évènemens. S'ils ont du génie et de la force, ils le devancent, afin d'en arrêter ou détourner la direction, quand elle eft funefte. Les Miniftres de l'*Autriche*, comme ceux des autres Cabinets, ont méconnu l'efprit du fiècle, et font reftés derrière lui.

Je parle ici le langage fier de la raifon, qui ne s'inquiète pas de plaire, mais de fervir. Une prudence craintive amortit le zèle. Dire franchement la vérité à qui le deftin d'un grand Empire eft confié, c'eft plutôt lui rendre hommage, que lui manquer de refpect. En m'encourageant à vous parler fans fard, vous vous mettrez, j'ofe le dire, plus à portée de réparer les fautes et les erreurs de vos Collégues, de furmonter les embarras que vous a legués votre prédéceffeur, et qui plus eft, d'étouffer l'efprit révolutionnaire, et de rendre à l'Europe fa tranquillité. Un lampion peut allumer des flambeaux, fans ceffer d'être un lampion. C'eft vous dire figurément, que je fuis réellement de V. E. le très-humble et très-obéiffant ferviteur.